第八回「伊豆文学賞」優秀作品集

月ケ瀬

伊豆文学フェスティバル実行委員会 編

第八回「伊豆文学賞」優秀作品集

目　次

最優秀賞

月ヶ瀬

萩真沙子

一

私たち親子が慌ただしく東京を出て伊豆半島中ほどの修善寺駅に着いた時、あたりはもう暮れかかっていた。山に囲まれた駅周辺の景色いちめんが夕陽に照らされ、淡くオレンジ色に染まって見える。

急に思い立って、帰りの予定も考えず伊豆にやって来た。四歳になったばかりの智也の手を引き、大きな旅行バッグをもう一方の肩に掛け、おまけに私は妊婦の身だ。

到着した観光客と家路を急ぐ地元の通勤客で、夕方の駅構内はひどく混雑していた。人込みをよけながら改札を通過して駅前広場に出ると、バス発着ロータリーのいつもの位置に、ちょうど始発の東海バスが入ってくるところだった。

「ともちゃん、今度はあの黄色いバスに乗るのよ」

「やったー。おかあさん、はやくー」

乗物好きの息子に引かれて、転ばぬよう用心しながら少し急いだ。行き先は「湯ヶ島温泉」とある。

二人並んで席に着くと、間もなくバスは満員となり出発した。伊豆半島を縦断する下田街道を更に南へ……。母の待つ田舎まではもう少し……、あと十五分ほどか。この分なら暗くならない内に無事着けそうだ。さすがに疲れを感じた。思わずお腹に手を当てる。……中からかすかな合図があった。もう、七か月目に入っている。

バスは狩野川の清流を左手に見ながら、川沿いを上流に向かう。川岸に点々と見える人影は、鮎を釣る人たちだ。以前「狩野川台風」で破壊され、長く荒れていた河川敷も、今はもう緑の草花が生い茂り、爪あとを修復していた。川を挟んで両側に広がる田んぼの稲も穂を付けて、そろそろ刈り入れ時か。中伊豆の見慣れた田園風景が初秋の夕焼けに包まれ、美しく映えていた。

智也に付き合って、車窓の移り変わりに熱中している内に、いつの間にか、見覚えのある山々が四方に迫ってきていた。はるか前方に青っぽく見えてきた山。あれは天城山。目的地月ヶ瀬が近付いてきた。

私が子供の頃、九歳まで暮らした狩野川ほとりの小さな村、月ヶ瀬。……幼い時代を十年近く過ごした田舎なのだから、「ふるさと」と言ってもよいはずなのに、そう言うには何故か抵抗があった。

「ともちゃん、もうすぐ、おばあちゃまの家に着くわよ」

「ねー、おとうさんは来ないの？」

「あのね。いねばあちゃんのお病気がとても悪いから、それで、おかあさんお手伝いに行くのよ。おとうさんはお仕事があるから来られないの」

「おばあちゃま、びょうき?」

「おばあちゃまじゃなくて、おおおばあちゃんの方よ。月ヶ瀬のいんきょに住んでるいねばあちゃん。覚えてるでしょ?」

智也の曾祖母、私にとっての祖母の家は月ヶ瀬のバス停から少し山側に入り、森のように樹木の繁る神社の前にあった。父の実家である。父の家というより、また母の家というより、私には「いねばあちゃんの家」という言い方が当たっていた。

明治の中頃この家の一人娘として生まれた祖母の名はいねと言った。乗物が嫌いだったこともあり、およそ百年の歳月を一日たりと遠出することなくここで暮らしたという。私の祖父・伝之助を婿に迎え、一粒種の私の父を大切に育て上げ、戦後しばらく私たち一家とも共に暮らし、晩年は一人留守を守り、……この古い農家を一世紀に渡り、ぬしのように守り続けた人だ。

十年前、公務員だった父が停年になり東京で長い役人生活を終えた時、祖母はもう九十に近かった。一人では広すぎるこの家で、最愛の一人息子の帰郷のみを楽しみに気丈にがんばってきたが、誰が考えても限界だった。その年から、嫁である母はこちらに移ってきている。

母がここに住むのは二度目だった。かつて、どうにも馴染めず、脱出するように後にした家だ。……十五年を経て、母は再び夫の故郷へ、姑のもとへ戻ってきた。

父の方はそのまま東京に残り、新設民間企業のやとわれ社長を引き受けることになった。祖母はどれほどがっかりしたことか。

父の再就職を強く望んだのは父本人より、むしろ母の方だったという。

「伊豆は私が守りますから、望まれたお仕事をなさいませ」

それはいかにも、志を好む母らしい発言だったが、同時に、この地を激しく嫌っていた母を思うと、意外でもあった。

父は迷ったようだ。本当は、父には、引退して老後を田舎でのんびり過ごすような生活も合っていたのかもしれない。

しかし、父は新しい仕事への挑戦を選んだ。思えば、父の人生の攻撃的決断の要所要所は、母の意思によって決まってきたと言って過言ではない。

この時も、父と母と祖母、三人はいったいどんな話し合いをしたのだろう。

それから十年、古い確執を秘めた嫁と姑は、どちらも週末の父の帰りを待ちながら、二人きりで共に暮らし、共に老いていた。あの頃とは時代も変わり、そして二人の力関係も長い年月を経て変化しているようだった。


この度、身重の私が幼い息子を連れ伊豆にやってきたのには、わけがあった。

昨晩、東京のわが家に伊豆の母から電話があった。

「おばあちゃん、いよいよかも……。百歳まであと一年だけど……、もちそうもないわ」

「でも、今まで、何回も危篤だって大騒ぎになったけど大丈夫だったじゃない」

「そうね。そう……強い人だからね」

数日前から、また、伊豆の祖母が眠り続けたまま起きないという。心身共に非常に頑強な、かくしゃくとした人だったが、やはり年には勝てず、三年ほど前からほとんど寝たきりになった。これといった病名がなく、祖母の方も入院を嫌うので、母は期限のない自宅介護を延々と続けていた。

「おとうさま、会社を休んでばかりいられないから、しばらく伊豆から日帰りで通いますって。だから、そちらには寄らないから」

父は、会社からほど近いわが家によく立ち寄って、智也と遊んでくれる。

「わかったわ」

「ねえ、あさちゃん」

「え」

「……もちろん、意識が戻れば一番なんだけど。でも、もしかしたら、……あしたかもしれないのよね」

「そんな……」

「その時がこわいの。……一人じゃこわい」

私は、とっさに伊豆行きを決めていた。母の役に立ちたいと思うなら、この時をおいて他にない。

「私でよかったら、行くわ。あしたすぐに」

母は、子連れ妊婦の申し出を断わらなかった。五人兄弟の末っ子で勝手気ままだった私が、心底、母の望みに沿いたいと願ったのは、生まれて初めてのことだったかもしれない。智也を生んでから、私は母に対してやっと人並みの優しい気持を持ち始めていた。


玄関に迎えてくれたのは当然祖母ではなく、疲れた様子の母だった。昔あんなにおしゃれだった人が急にふけこんで見えた。

「まあ、いらっしゃい。心配してたのよ。ともちゃんも、よく来たわね」

「えーとねー、しんかんせんとでんしゃとバスできた」

「そう。たくさん乗って……。二人とも疲れたでしょ」

「おかあさまこそ大丈夫?……それで、おばあちゃんは?」

「うん、今、案内するけど。……びっくりしないでね」

「やっぱりそんなに?」

「ええ」

母のことをおかあさまと呼び、祖母のことをおばあちゃんと言う。私たち五人兄弟は、今も身内の呼び方に統一がない。そのちぐはぐが、幼い頃の私たちの育ち方のひずみを示していた。この地に対する懐かしさと嫌悪感の入り交じった複雑な思いも、たぶんその名残に違いない。

私たちそれぞれの心に、あの頃の母の哀しみが小さな固まりとなり封じ込まれている。

母屋の奥に小さな離れがあり、そこは「いんきょ」と呼ばれていた。隠居の二間続きの和室の奥の部屋にいねばあちゃんは寝ていた。末っ子だった私は特に祖母にかわいがられて育った。さばさばしていたが、情の厚い人だった。三年前智也が生まれた時あんなに喜んでくれた祖母に、二人目の妊娠をじかに知らせたかった。待望の女の子らしいことも……。祖母と百歳違いの娘が生まれることを是非伝えたかった。

「おばあちゃん！」

「……」

「麻子よ、わかる？」

「……」

「おばあちゃん、わかる？」

何度呼んでも同じだった。祖母は痛ましく痩せ、前の祖母ではなくなっていた。私の呼び掛けが泣き声になろうと、叫びに変わろうと……もうなんにも反応しない。時折、私たちとは無関係に、生命力の証のように赤ん坊みたいな奇声を発していた。

「あー……あー」

母の言った意味がわかった。私がここにいる役割の意味を、ぞっとするように理解した。

母は物体を扱うように、やるべき世話を儀式のように一つ一つ済ませていた。祖母の口の中にスプーンで流動食を少しずつ流し込む。目をつぶったままなのに、祖母は反射的に口を動かしそれを飲み込んでいた。

「何もわからなくなってるのに食欲はあるの」

「そう……」

「だから、ずっとこのままかもしれない」

母は、ひとりごとのように言った。

それから、ぬれタオルで全身を拭いて……。床ずれの手当て。紙おむつの交換……。ゆっくりではあるが、非常に冷静で、事務的で、手慣れていた。来る日も来る日も、母はこの作業を何回繰り返してきたことか。昔は異常なほど気を遣い美しかった母の手は、今、荒れて年相応の皺が刻まれていた。私は、呆然と、眠る祖母と動くその手を見つめていた。

何を考えているのか、表情もなく黙々と体を動かす母。……口許を引き締めたこの硬い横顔を、私は幼い頃から何回見てきたことか。

母は今、あの頃のことをどう思っているのだろう。ずっと気に掛けながら、一度も立ち入ることのできなかったそのことを想った。長い年月を想った。

二

昭和二十年八月末。戦争が終わってまだ半月も経たない頃、私は母の五番目の子供として生を得た。疎開先の山口県長門市にあった母の実家の二階で生まれたと聞く。母は、かつて長州藩の下で栄えたという旧家から嫁いできていた。

敗戦が母にとって特別に衝撃的だったのは、母が、既に陸軍中将で退官していたが元軍人の娘であり、そして、現役軍人の妻であり、姉でもあったからだ。陸軍士官学校を卒業したばかりの母のたった一人の弟、私にとっての叔父は、終戦直前の七月に南方戦域で若い命を散らしていた。

軍人一家の悲嘆と混乱の中で、母はいったいどんな思いで私を産み、将来をどのように思い巡らすことができただろうか。

終戦は父と母から、二人がそれまでに獲得したすべてを根こそぎ奪うようだった。五人の子を持つ夫婦は、職も名誉も住まいも、恵まれた部分もあった一切を失い、父の両親が住む伊豆・月ヶ瀬の農村で、ゼロからの出発となった。

最愛の弟の戦死、夫の捕虜や自決の可能性、完全な失職、軍人に対する世間の憎悪、幼い五人の子をさしあたって生かさなければならない責任。それら全部を一度に受け止めることになった母は、その時まだ二十九歳。周囲に守られ苦労知らずに生きてきた若い妻だった。

父が戦争残務処理をすべて終えた翌年、家族は伊豆に合流し、一家居そうろう生活が始まった。公職を禁止された旧軍人の父は東京で職を見つけることができなかった。戦争末期から、小学校低学年だった兄二人は伊豆の祖父母に学童疎開児として預かってもらっていたが、そこへ、父と母と生まれたばかりの私をふくむ三人の女の子が加わり、一家七人がころがり込んだ。

その田舎の家は、婿養子で大工の棟梁だった祖父伝之助が働き盛りの頃丹精込めて建てた家だという。簡素ではあったが、隠居や倉も付いて広さは十分あった。何より家族を食べさせるだけの土地があった。

田舎の暮らしにようやく慣れてきた一年後の冬、思いがけないことに、私たち一家を温かく迎えてくれた祖父が風邪をこじらせ突然急性肺炎で亡くなった。母の苦しみが始まったのは、きっとそれからだ。

「おじいちゃまは、地味だけど、正直で公正な人だった」と後によく聞いたが、母は温和な祖父によって守られていた部分があったのだろう。

家族のバランスは大きく崩れた。一人息子だった父は、自分の妻子だけでなく、未亡人になった祖母をも養うべき家長となる。そして、伊豆に定住する道を考えねばならなくなった。

父が農業を本格的に始めることになったのは、戦後まもなく「農地改革」が施行されたからでもあった。実働のない地主の土地は、ほっておくと小作人の所有になってしまう。父と祖母はそれまで貸していたいくらかの田畑を出来るだけ戻してもらい、新たに耕作を始めることにした。若夫婦には一時的のつもりだった農業は、しだいに一家八人の生計を立てる職業となっていった。

零細農業には家族労働が不可欠だ。とうぜん、夫を亡くしたばかりの祖母は父の農業を本気で手伝うようになった。かつて、父が陸軍士官学校に進み村を出た時、一度は共に暮らすことを完全にあきらめたはずだった。が、息子は命を落とすことなく再び戻り、土地を守ろうと奮闘している。祖母は喜々として歓迎し、全面的協力を惜しまなかった。

しかし、母の方は、農業をしなかった。かたくなに全く参加しようとしなかった。祖父の死後、それは母にとって非常に居心地の悪い材料になったのだが、それでも母は農業を手伝うことを始めなかった。五人の子を抱え体力も気力もなかったが、それより、農家の一員という発想そのものが欠落していたのか。

農業ができない嫁。役に立たない嫁。それは、あの時代にあの村で暮らすには致命的だった。当時、村の女性たちは、多少の貧富の差はあっても、例外なく農作業と大家族の炊事、洗濯、子育てを両立させ、一日中信じられないほどよく働いていた。土地の娘はそれを見て育ち、近くに嫁ぐと誰もがすぐに働き者の嫁になった。伊豆の農村では、長い間それが当たり前だった。

母は、郷に入り、郷に従うことができなかった。あの地にあって農業の手伝いをしないより

した方がずっと楽だったかもしれないのに、母の体力的容量は、農業を受け入れる方向より、ひたすら拒絶する方向を選んでいく。

祖母の側から見れば、父のことが不憫でならない。それで、老いた身を削って息子を支える。嫁の役割をも補う。母がやらなければ、それだけ祖母は朝から晩まで身を粉にして働いた。

嫁と姑の不和が本格化するのは、避けられないことだったろう。育った環境がまるで違う二人。文化も価値観も、そして性格もが……。その上、祖母と母は二人とも大切に育てられた一人娘だったので、共通して世間知らずでプライドが高く、他者や他文化と折り合うことが苦手な面があった。

感情や意思をまっすぐ表に出す開放的な祖母。喜怒哀楽を顔に出さないのが美徳としつけられ、心に複雑なひだを抱える母。

母の拒絶は、深く内向していく。

その問題を除けば、私の幼い頃の伊豆の暮らしには、珠玉のような思い出の数々がある。今、貧困さえもが懐かしい。

農村の生活は忙しく、父は朝早くから夕方暗くなるまで休むことなく肉体労働をしていた。そばに献身的に協力する小柄な祖母の姿があった。日々の労働のせいか少し背骨と腰が曲がっていたが、最愛の一人息子の力になりたいという気迫がみなぎり、頼もしく、むしろ生き生きしていた。

あの頃、家のそばの畑に、廃屋のような鶏小屋が建っていた。年齢順に三つの部屋に分かれ、鶏は全部で百羽位もいた。世話係だった祖母といっしょに餌をやりに小屋に入ると、とりたちは競うように集まってきた。二本足でよちよち歩いて来るのもいれば、天井に届かんばかりに高く飛んで来るのもいた。

「ほーれ、ほーれ。たんと食べな」

餌箱に定量ずつ餌を入れながら、祖母はいつも楽しげに語りかけていた。

毎年春先のまだ寒い頃、家の勝手口の土間に炭火で暖めた温室が設けられ、その中で、まっ黄色のヒヨコたちがにぎやかにひしめき合ってピヨピヨピヨピヨ鳴いていた。小さいのに一斉に鳴くのでその時期はうるさくもあったが、中をそっと覗いて眺めるのが楽しみだった。

ある程度成長すると、鶏小屋に移り、その内、卵を生むようになる。当時、卵はよいお金になった。

湯ヶ島の温泉旅館街にじかに持ち込むと高く売れるので、母や姉がバスに乗って売りに行き、私もよくついて行った。大きな竹製のざるにもみがらで保護したたくさんの卵を入れて、大ぶろしきに包んで持っていった。産みたての卵は、その頃でも一個十円から二十円で売れた。卵の値段は戦後驚くほど変わっていない。幼い私はその店のおばさんから赤い明治キャラメルを一箱貰った。

そう言えば、綿羊の記憶もある。庭の奥の小屋で二頭の羊がおとなしく遊んでいた。暴れることもなく、いつもおっとりした動物だった。一度だけ、羊の子供が生まれたことがある。人間と違い、誕生まもなくハイヒールをはいたような小さな四本足でよろよろと立った。その赤ちゃんは家族の人気者になったが、意外にすぐ大きくなりどこかに売られてしまった。羊たちの薄汚れたむくむくした毛は定期的に巨大なはさみで刈られ、まれに運がよいと、その羊毛は私たち兄弟の新品のセーターに変わったりした。

村では、自宅の畳の部屋で大量に蚕を飼って、繭を育てている家も多かった。狩野川で鮎を釣る人もいた。どの農家も、農業だけでは暮らしていけない。農協の指導で、様々な換金作物に挑戦していた。

村中が貧しく、そして誰もが非常に勤勉だった。男も女も自然の中で、太陽の下で、汗水たらしよく働いた。農村の人々は、戦争の影響もほとんど受けず、何百年も延々とそんな暮らしを積み重ねてきたに違いない。一日二十四時間がゆったりと流れ、人々は太陽と共に、季節と共に、自然と関わりながら、忙しく、しかし陽気に生きていた。

子供たちも、農繁期には学校を休み、野良仕事を手伝うのが当たりまえだった。茶摘み休み、田植え休み等の名目で、学校が全校休業になることもあった。労働で多くを学び、勉強をまじめにやる子など皆無に近かった。

その後、日本中がだんだん豊かになり、その村もサラリーマンとの兼業農家が増えた。今では、戦後のそんな生活は昔話となっている。

あの頃の村の景色、家族の風景は、今、私の頭の片隅にセピア色の映像で刻まれている。モノクロ映画の画面のように、あの家を舞台に若かった母と祖母がまるで主演女優のごとく動き出す。

母はあの頃、なぜあんなに無口で、堅い表情をしていたのだろう。いつもうつむきかげんに口許を引き締め、心から楽しそうに笑うことが無かった。

農業を一切しなかったが、かといって家事が得意だったわけではない。料理の味付けは上手かったが肉体労働は全般に苦手だった。掃除、洗濯等の水仕事が特に不慣れなようで、雑巾一つまともにしぼれない握力を子供たちにも笑われるしまつだった。まだ小学生だった綺麗好きな姉が、よく不機嫌なようすで家中の雑巾掛けをしていた。掃除機も洗濯機もなかった時代だ。母の体力は八人家族の日々の最低の家事をこなすのが精一杯だった。いつも疲れきっているようだった。

しかし、母はぐちを一切言わなかった。内面を他人に見せることを恥じるようなところがあった。

祖母の方はずっと分かりやすく、ストレスを溜めずに外に発散していた。感情のおもむくままに、時にヒステリックにどなったりすることもあった。思ったことを口にしないと気がすまない正直で陽気で気性が激しかった祖母。私たち孫にはこの上なく優しかったが、母に対してはどうだったのだろうか。

祖母にまくしたてられ、無抵抗を貫きながら、逃避場所のように納戸に入り込んでしまうことがあった母。

お気に入りの古い鏡台の前で、ぼんやり座って鏡にうつる自分を見つめていた母。

薄暗いその部屋で、家事の合間に、隠れるように図書館で借りた本や雑誌を読みあさっていた母。

そんな記憶の断片がいくつかある。


母は、自分だけでなく、子供たちにも農業をさせたがらなかった。なぜか、わが家はそういうことになっていた。母の気持は非常に固く、それは、意思をほとんど表に出すことのなかったおとなしい嫁が、夫と姑に唯一示した意思表示だった。誰にも、おそらく父にも真意を理解されず、説明することもできず、母は抵抗していた。

母の教養や志は当時の伊豆の風土には、まるで無力だった。不得手な労働能力ばかりが目立ち、子供たちからさえ理解も評価もされない部分があった。それでも、母は自身と子供たちが農家の人になることを嫌い、拒み続けた。祖母の願いに沿って伊豆に根ざしていこうとする父の生き方にも、激しく異議をとなえていたのだろうか。

母のその頑固な抵抗を、父は黙って認め、祖母も最終的には父の望みに従っていた。ずけずけ物を言うが、あっさりとした、人の良いところもあった。

閉鎖的なあの時代のあの村で、他の家と違う母のやり方は押し切られ、それゆえに母は祖母に受け入れられず、村に溶け込むこともできなかった。

質素なその家で、母の持ち物は、母自身もそうだったが、場違いに華やかできれいだった。山口の祖母が着物道楽だったらしく、美しい絹の着物が袖を通す機会もないのに、タンスをいっぱいに肥やしていた。

いつからか、それを村の人のお祝い事用に貸したり、時には安く売ったりするようになった。祖母が間に入り、それを取り仕切っていた。また母の方も、山口の知り合いに、娘時代の着物と交換で、村人用のろうそくを大量に送ってもらったりした。そういう形で母は姑に貢献しようとしていた。

仏壇の下に貴重品用の戸棚があって、そこに目を見張るように豪華な布張りのアルバムが入っていた。私はそれを出してこっそり見るのが好きだった。この地に移って来る前、東京で暮らしていた一家の家族写真が貼ってあった。末っ子の私だけは一枚も写っていない。アルバムの中の父も母も兄も姉もみんな上品で裕福そうで、少し前にこんな生活があったとは信じられなかった。父は軍服を着てりりしく、母は着飾って美しく、兄や姉たちはお坊ちゃま、お嬢さま然とし、みんな別人のようだった。時々、山口の祖父母やお手伝いのお姉さんもやはり盛装していっしょに写っていた。当時、祖父は陸軍退官後引き続き東京に職を持っていたので、戦争中母子家庭のようになったわが家族と共に暮らし物心両面で支えてくれていたらしい。

私立幼稚園の制服を着た高貴な男の子二人が最初兄たちとは分からなくて母に聞いた。

「えー！　ほんとにこれお兄ちゃんたち？」

「そう。新ちゃんも和ちゃんも、この頃はちゃんとごあいさつができていたのよ。お父さま、お母さま、行ってまいります、ただ今帰りました、おやすみなさいませ、って」

母はまるで変わってしまった二人を嘆くように笑った。めったに昔話をしなかった母が、その時は人が変わったように生き生きと見えた。

「ふーん。それって、お兄ちゃんたちには似合わないよ」

私もおかしくて笑った。

母はもうあきらめきって、しつけを全面放棄している観があった。祖母も孫たちが地元の子供と同じように育つことを好んだので、私たち兄弟は野放し状態で粗野に育っていた。私には母に命令されたり、しかられたりした記憶が一つもない。しつけが祖母とのトラブルの元になるのを恐れたからだろうか。それとも、あの頃の母は、生きる意欲が極端に低下していたからだろうか。

私が物心ついた頃、村には、母が以前大病をしたという噂があった。ある日、そのことを意地の悪い表現でしつこく説明する子がいて、幼い私はショックを受けた。母は過労で倒れただけでなく、精神的にもおかしくなったということか。そんなはずはない。そんなことは誰にも聞いたことがなかった。

直接母にたずねるのが悪いような気がして、すぐ上の姉知子に聞いた。三つ違いのその姉は、伊豆の祖母に似たのか利発で頼もしく、私はいつも付属物のようにくっついて遊んでもらっていた。

「麻子にまでそんなこと言うおせっかいな子がいるんだ」

姉はひどく怒っていた。

「知ってたの」

「私なんてそのことで、何回いじめられたかわからないもの」

「え、ほんとのことなの?」

「みんな、ずーっと昔のことをいつまでもうわさして、おもしろがってるのよ」

「むかしのことって?」

「麻子がまだ小さかった頃、おかあさま、月ヶ瀬がいやでノイローゼになっちゃったんだって。体もどんどんおかしくなって……」

姉のおぼろげな記憶では、山口の祖父母が駆けつけてしばらく滞在し、大人だけで何かひそひそ話し合っている時期があったそうだ。

結局、祖父母が病人を一時あずかることになった。母は長女の姉と赤ん坊の私を連れて山口の実家に帰り、長く家を空けていたという。

「病気が治るまでって言ってたのに……。いつまでも帰ってこなかった」

「なかなかなおらなかったのかな」

「わからない。……それだけじゃなかったと思う」

「え」

「おばあちゃんが、おかあさまはもう帰らないかもしれないって何回も言ってたから」

「え」

「おとうさまのことかわいそうだってよく泣いてた」

「……」

「知子に新しいおかあさんが来るといいって言ってた」

「え、どういうこと？」

姉の目にたまった涙が一すじ落ちた。

「でも今、おかあさまかえってきて元気にしてる」

「そう、おとうさまが迎えに行ったから……。おばあちゃんは行かなくていいって怒ってたけど」

「そうなんだ……」

「そうしてだいぶたってから、おかあさま、麻子と二人で帰ってきた」

「病気なおってたの」

「うん、今みたいにふつうに……」

「よかった」

姉の涙を見て、私も泣いた。

しばらくして、しっかりものの姉はひどくまじめな顔で言った。

「麻子、この話は、おかあさまにも、おとうさまにも、おばあちゃんにも、絶対聞いちゃだめだよ。いい？　二人だけの秘密だよ」

私たちは今でもその約束を守っている。この時期、母にいったい何があったのか。それをどう克服し、どんな気持で戻ってきたのか。大人たちがどんな話し合いをしたのか。私は未だに、それをはっきり知らない。

長女の姉桂子はおそらくその時からだろう、山口の祖父母の家に行ったきりになり、伊豆を離れた。それにも、いったいどんな悲しい事情があったのだろう。

伊豆月ヶ瀬といえば、古くから知る人ぞ知る、慶応義塾大学病院の温泉研究所があった。多くの犠牲者を出した「狩野川台風」の時壊滅し、今は新しく建て替えられているが、当時は狩野川の大きな中州に洋館風の風流な木造建築が建っていた。そして、病院の所有する温泉の一部を村に提供してくれていた。

街道から坂道を下り、さらに崖のような急斜面の階段を降りていくと狩野川に面して村の共同風呂があった。岩に囲まれた洞窟みたいな所に薄暗い木造りの古びた浴場があり、湯量の豊富な温泉がこんこんと流れ込んでいた。窓の外を眺めると、急流が岩にぶつかり、その水しぶきが絶えず勢いよく舞っていた。

混浴だったが色気などまるでなく、当時、村の老若男女の最大の娯楽場になっていた。話好きな祖母は、温泉よりおしゃべりが楽しみのようで、毎晩欠かさず通っていた。

私がついて行った時、母のことが話題になることがあった。祖母は正直で明快な人だ。悪口を言う訳ではないが、日頃のカルチャーショックを有りのままに人に話して聞かせるのが上手だった。

「わしらおかあさんは昼寝しにゃあと体がもたにゃあだよー」

「そりゃあ、いいご身分だねー。わしらがそんなことしてたら、めしが食えにゃあ」

「あの人は野良仕事より本が好きだから」

「本じゃあ、金にならにゃあさ」

「遠くからお嬢さんもらうと苦労が多いねー」

村人全員が祖母の味方だった。勤勉が善という価値観が絶対的なその地で、母は受け入れら

れなかった。祖母は母のことを意地悪くは言わないので余計皆に同情され、「できた姑だ」とますます一目置かれることになった。同じ価値観の人とこういうストレス発散をしなければ、祖母の気持もやりきれないものがあったのだろう。

この共同風呂に、母の方はほとんど顔を出すことがなかった。

隣の慶応病院内の温泉が、ある時間帯、有料で解放されていた。そこは病院側から入らなければならないのでずっと遠回りで、おまけに月三百円の家族パスを買わなければならなかったのだが、母は姉と私を連れて毎日のようにそこまで通った。どんなに天気が悪くても、そのささやかな贅沢に普段無気力な母が非常に意欲的だった。

中州への危なっかしい釣り橋を渡って、三人でおしゃべりしながら遠い方の温泉へわざわざ行った。狩野川は中州で二股に分かれ、大揺れする釣り橋の下は幼い私にはひどく流れが急に見え、渡り終えるといつもほっとしたものだ。

橋の向こうに、地元で三本松と親しまれていた頂上に松の樹が見える円頭山がそびえ、ずっと遠くに青く天城山が見えた。足元には、雑草に混じり、季節の小さな野の花が咲き乱れていた。月ヶ瀬で一番きれいだったその辺りの景色は、中州ごと建物も浴場も跡形もなく消え去った今、私の記憶の中にのみ美しくある。

家を離れたその時間は母が一番幸せそうに見えた。だから私たちにもその日課は楽しく大切だった。絶え間ない渓流のせせらぎを聞きながら、飽きもせずぬるめの温泉に長く浸かった。

母は姉と私の背中を順番に流しながら、いつも口癖のように言っていた。

「体だけはきれいにみがいとかなくちゃね。着る物は後できっと買える時が来るからね」

そう言えば、もう一つ母の口癖があった。

「あなたたちはここにずっといる子じゃないのよ。いつか必ずここを出て、東京で暮らすのよ」

母といると、日常を忘れ、私たちはもっと広い世界ではばたけるような豊かな気持になることがあった。


母はその貧しい農村には不自然な華やかさを漂わせ、異質で孤立していた。子供たちのように、伊豆に染まり、自分を変えることができなかった。

あの八年間を、母はどんな気持で生きていたのだろう。どのように自分を納得させて、あの土地に踏みとどまったのだろう。父のため、子供のためだったのか。他に生きる方法がなかったからか。

祖母が悪かった訳ではない。母より圧倒的に強かったが、あの地ではむしろ理解力もあり、寛大だった。母がわがまま過ぎた訳でもない。むしろ、争いの元となる自己主張を極端に避けていた。だから、日常、激しい口論や対立があった訳でもなかった。

ただ、二つの文化は決して混じり合うことがなかった。父は他の誰にもできない誠実さで、難しい嫁姑のバランスをとった。しかしそれは、二人のどちらにも平等に長い苦しみを強いることとなった。

あの家には、表面に現れなくとも、我慢やあきらめが常に低迷し、それがいつ爆発するかという緊張感が漂っていた。子供たちは二つの価値観をうまく使い分けて暮らさなければならなかった。母に対する時は母の気持が分かり、祖母に対する時は祖母の気持が分かった。それがあの家で生きていく知恵だった。

文化の違い、価値観の違い、それが共に暮らすだけで互いを傷つける。そんな関係があることを、私は日々肌で覚えていた。互いに折り合い、その違いによる苦を克服するためには、あまりにも貧しく余裕のない時代だった。

*

母の孤独な戦いは意外に早く終止符が打たれた。父が再び国の役人になることになったのだ。勤務地は東京だ。母の言ったとおり、私は杉並区の小学校に転校することに決まった。祖母は既に七十を越えていたが、東京に移るより、一人伊豆で留守を守ることを選んだ。

この結論が出るまでに、父、母、祖母三人にどんな話合いがあったのかは分からない。

私は「おかあさまが勝った」と思った。

三

私が智也を連れて伊豆に着いた四日後の未明、祖母は九十九年の長い生涯を閉じた。

その朝私たちが起きた時、祖母は既に眠るように亡くなっていた。母が恐いと案じていた最期の瞬間には、父も母も私も誰も立ち会うことができなかった。あっけなかった。結局、私は勇んでやってきたのに、祖母と一度も心を通わせぬまま永遠の別れとなってしまった。

十分に役割を果たせなかったが、私には一つだけ、祖母のためにも母のためにもそして私自身のためにもここへ来てよかったと思えることがあった。それは、本当に不思議な体験だった。


亡くなる一日前だったか、二日前だったか。私が智也を遊ばせながら井戸端で洗濯機を回していた時、突然隠居の部屋から、寝ているはずのいねばあちゃんの驚くほど大きな声がした。何事かと思うと、何か言っている。

「ありがとう。……おかあさん……ありがとう！」

おばあちゃんは村中にとどろきわたるような力の限りの叫び声で、はっきりそう言っている。

「ありがとうー」

「ありがとうー！　おかあさん」

おばあちゃん、わかった！　私、ちゃんと聞こえたわよ。慌てて隠居に近付くと、やはり母屋から飛び出してきた母と会った。二人は目が合って、共にさっきの事が現実の出来事だったことを確認した。

変化を期待して急いで祖母の枕元に行ってみたが、前のままに、物体のような人格の無いおばあちゃんが寝ていた。何事もなかったように息だけしていた。

「おばあちゃん！」

「……」

「おばあちゃんの言ったこと聞こえたわよ！」

「……」

いくら呼んでも、触っても、ゆすっても、やはり反応がなかった。さっきの叫びはいったいなんだったのだろう。

「ゆいごん……。おかあさま、あれって、おばあちゃんの遺言かもしれない。ね、ほんとのことしか言わない人だったもの。思ったこと言わないと気がすまない人だったもの」

「……ありがとうって言った？……あさちゃん、ほんとうにそう言ったわよね」

「そうよ。何回も……。おばあちゃん、そのことをおかあさまにどうしても言っときたかったのよ。きっとそうよ」

そのまま祖母は意識が戻ることなく亡くなってしまったので、祖母の最後の言葉は、母にとって、また私たち家族にとっても大きな意味を持つ遺言となった。

『おかあさま、おばあちゃんの言ったこと、私も確かに聞いたわよ。私が証人よ』

母と祖母の関係が、最後はこういう形で終わった。いねばあちゃんはすごい。長い人生の終わりに特大の満塁ホームランをかっ飛ばした。そんな感じだった。


祖母の亡くなった日から、私は自分が妊婦であることを忘れるほどの忙しさに巻き込まれた。葬式はこの家で営まれることになった。ここで百年暮らした祖母には一番ふさわしい。亡くなってからのことなどまるで考えていなかったが、冠婚葬祭は自宅で行うのがこの村の古くからの習わしらしい。

私の実家が急に自分の家ではないような、おおやけの場になってしまった。村の人々が自由に出入りし、葬式の準備を手際よくやり始めた。私と智也はじゃまもののように居場所が無くなって、あっちへ行ったりこっちへ行ったりした。

訪問客や近所の人が後を絶たなかった。母は長かった看病の疲れを忘れたように、気丈に応対していた。あの母のどこからあんな気力が出ているのか。むしろ華やいだ印象さえあった。村の大勢の人たちを相手に、力強く全体を取り仕切っていた。まるで昔の祖母のように。本当に、いねばあちゃんが母に乗り移ったみたいにはきはきてきぱきしていた。

翌日の通夜の日には、私の兄弟もそれぞれ連れ合いと子供をつれてぞくぞくと到着した。私の夫も現れた。兄嫁たちも姉の桂子も知子も女性軍は皆、荷物を置くやいなや台所の手伝いに加わった。近所の女衆が大量の料理を何品も作っていた。魚の煮付け。野菜の煮物、天ぷら……。献立も何も慣れきって、みごとな連携プレーだ。冠婚葬祭を地域で支え合うこういうしきたりは、いつまで残っていくことだろうか。今、都会では見ることがない。

その夜、神主さんに来てもらって通夜が行われた。いねばあちゃんのために、たくさんの地元の人たちが来てくれた。十分長生きしたので、みんな祖母の命そのものを惜しむより、もうあと少しなのに百歳に到達できなかったことばかり残念がった。来る人来る人、皆一様にそればかり言って笑った。こんな明るい通夜は見たことがない。

儀式が終わって食事会に移ると、祖母の長寿をさかなに更に盛り上がって、宴会のようになった。

「おばあさんはしっかりものだったから、おかあさんも長く苦労したぁね。よく戻ってきて世話してくれたぁよね。ねえ、麻子ちゃん」

「それがね。おばあちゃん最後は意識がなかったのに、突然大きな声で、おかあさん、ありがとうって何回も何回もはっきり言ったんですよ」

「ほんとかねー。そりゃー、いい話だ」

「ふーん。おばあさん、最後はそういう気持で亡くなったんだねー」

祖母と母を昔から知っている人は皆、驚き、感動した。

「おかあさんはよくやったからね」

「本当は、おとうさんと東京で暮らしたかっただろうにねー」

みんなが母を褒める。気分よかった。私は得意になって祖母の遺言の話をあちこちでして回った。

「この子と私が証人なんですよ」

私と智也が葬式で母の役にたったとすれば、このことくらいだ。

母は旅館の女将のようににこやかに全体を回り、愛想を振りまいていた。以前のような異様な華やかさは失われたものの、今やこの席に全く違和感がない。異質ではなかった。村の人々皆に受け入れられている。私にはそれが感動的だった。……私の心の片隅にずっとあった固いしこりが溶解していくようだった。

再びこの地に戻って十年。母は自分も変わり、周りも変えた。祖母をも変えて、今度こそ土地に同化している。

母はすごい。この積年の問題に、長い年月をかけ、逃げずにこういう形で決着を付けた。本当は、母はとても強い人だったのかもしれない。

翌日の告別式は、みごとな秋晴れの日だった。更に遠方からたくさんの人が集まった。山口の祖父母は既に亡くなり、叔父が戦死した母の実家は屋敷も処分され完全に絶えてしまっていたが、親戚の人たちが遠路はるばる駆け付けてくれた。父の会社の人や、今や働き盛りの兄たちの関係の人など、祖母を見たこともない人たちまで東京から来てくれた。

台所は前日をはるかに越える忙しさになって、早送りのビデオのような勢いで大勢の手が動いていた。

久々に対面した親戚や知り合いが、障子を全部取り払って驚くほど広くなった母屋のあちこちに散らばって輪をつくり、夢中でおしゃべりに興じている。山口弁、標準語、伊豆弁が合流していた。

告別式は、家に入りきれない人が庭にあふれる状況で始まった。農村の一老女の葬式にしては、破格の賑わいだった。特に、山口の祖父母の、旧家の長い歴史を閉じた寂しい葬式とは対照的だった。

死者のために涙し、悲しみにくれるような風景はない。喪主の父もそして母も、やるだけやったという表情でむしろ爽快な顔をしている。たくさんの人が玉串をたむけてくれた。祖母の大往生へのお祝いのように……。

『おばあちゃん、九十九年の人生はいかがでしたか。……おばあちゃんの最後の言葉、私ちゃんと聞こえましたよ。了解しましたよ』

祖母が中央の写真たての中で、口許をすぼめ、ほほ笑んでいた。

その日の夕方、私と智也は一週間の伊豆への旅を終え、夫の運転する車で帰途についた。月ヶ瀬では、まだまだ賑やかな宴が続いていることだろう。

さっき、母にせかされるように、中座してきた。

「あなた、いつまでもここにいたらだめよ！　お腹の赤ちゃんによくないわ。早く帰りなさい！」

全体を仕切る母の声が、急に気付いたように私の頭上に降ってきた。母の命令は今までに無く毅然として、自信に満ちていた。

私たちは慌てて、母の代になったあの家を離れた。思い出の詰まった、今やっと抵抗なく言える、私の「ふるさと」の家を……。

下田街道に沿って、狩野川が、あの頃と同じように、淡々と流れていた。水面に夕日を浴びて、川はきらきら輝いていた。

後部座席の隣で、智也が眠ったようだ。急に疲れを感じ、そっとお腹に手を当てる。

……祖母の百年後を生き始めている命、娘からの小さな合図があった。

優秀賞

曲師

志賀幸一

沢崎志津子の家は西伊豆の戸田（へだ）村にあった。町の大通りをそれて少し登った見晴らしの良い場所である。庭に植木や花壇がある。そこから海が見えた。漁業の町特有の生温かな潮のにおいが吹き上げてくる。私は車から出て大きく伸びをした。

志津子の息子は会社を起こして成功していると聞いている。志津子自身も隠棲するについてはそれなりの蓄えも残したのであろう、広い家に中年のお手伝いを一人置いて豊かに暮らしているようだった。

むろん前もって取材はオファーしてある。

志津子は和服で現れた。想像していたよりも意外に若い容姿に驚いた。とても七十四歳には見えない。色白でふっくらとした優雅な顔だちである。律義に挨拶する姿は板についたというか、華やかさの片鱗を残した風格というか、さすがと思わせるものがあった。それは同時に、私の中にある錯誤があったことを気づかせた。

少し前まで、私は著名な芸能人や文化人たちが集まって企画した「消え行く日本の大道芸、民俗芸を偲ぶ」運動に関わっていた。流し芸、門付芸として知られる「瞽女（ごぜ）歌」「よされ節」「あいや節」などの伝承者とか、露天商の売り口上の名人とかを探しだして録音し記事にしてきた。当然ながらみんなかなりの高齢者であった。深く刻まれた皺。節くれだった指。錆びた声。それは長い風雪に耐えてきた勲章のようなもので、私たちの目的もそうした辛酸を嘗めた芸や技の片鱗から一つの時代や文化を回想するというものだから、それはそれで満足するものであるが、そんな人々ばかりと接してきた私は、いつのまにか私の中にある固定的な観念を作りあげてしまっていたらしい。高齢で引退した浪曲の三味線弾きが、今どこでどういう生き方をしているかという問いに、露骨に言えば「ひっそり」とか「うらぶれた」とかいうような、失礼な想像を即断していたところがあった。私はときどきこういう粗忽をする。

考えてみれば浪曲はひところの全盛には遠く及ばないものの、まだ現役で各地で興行もしているし、ラジオ放送も月に何回かあるのだから、消え行く大道芸などと同一にすべきものではない。ましてや、目の前にいる沢崎志津子は、浪曲全盛時に当時人気絶頂だった広田繁造の専属三味線だった人である。今で言うなら、何千人ものファンを集める人気歌手やグループの専属演奏者である。フリーになってからも、ＮＨＫの専属になったり、民放の素人浪曲道場などの三味線を担当していた。老いても退いてもそこには一流芸人のプライドがあり、その華やかさの片鱗は死ぬまで消えないものであろう。

革張りの豪華な椅子のある部屋に通された。隣室が床の間つきの和室。仕切りの戸が開いているのでよく見える。若いカメラマンの小野が、彼は「消えゆく日本の……」の取材をいっしょにやってきたパートナーだが、

「今までと、少し勝手が違いますね」

と囁いた。私は自分も粗忽だったことを棚にあげて「あたりまえだよ」と少し怒った顔を装った。

志津子はいったん奥にひっこんだが、すぐに現れてゆったりと席につく。私はさりげなく伊豆の風物などを賛美しながら、

「今のテレビ時代は、早口のアドリブばかりで、じっくり芸を楽しむ余裕がありません。芸という言葉が廃れる危機さえ感じます。あなたの生きてきた道を語っていただくことで、浪曲の三味線とはいかなるものか、芸とはなにかがわかる。そういう企画でして……」

やおら取材にとりかかった。小型のテープレコーダーをセットしてテーブルに置いた。

「そうすると……今日は、三味線は弾かなくてもいいんですか？」

と、志津子は怪訝な顔をした。

「弾いていただけるなら、それはそれで記事にしますけど、これは出版社の企画ですので、その録音を紹介することはできません」

仮にテレビ、ラジオの取材だとしても、すでに引退をして、何年何十年経ってしまった人の録音は意味がない。とうてい全盛時の芸におよばない。恥をかかせる結果になることだってある。「消えゆく……」何とかのテーマとは違うのである。

「はぁ……そういうことで……」

志津子はちょっとがっかりしたようだ。ちょうど茶菓を持って入ってきたお手伝いと顔を見合わせると、なぜか二人とも下を向いて笑いを噛み殺しているふうに見えた。

「どうかしましたか？」

「いえね……」

志津子の代わりにお手伝いが答えた。伊藤愛子という志津子の縁戚にあたる人だそうだ。お喋りが好きのようだ。志津子が「およしなさい」と遮ったが、しつこく訊いてゆくうちにわかってきた。録音と勘違いして、志津子は猛烈に三味線の稽古をしたというのだ。

「お志津さんは、毎日稽古してるんですよ。だから改めて稽古しなくてもって言ったんですけど、それじゃ駄目だって。もう強情なんだから」

「あんたがラジオ放送だって言うからよ」

肩を叩きあって笑い転げている。

東京からここへはずっと車で来た。三島から伊豆中央道などを経て戸田峠を越えてきた。峠からは初秋の駿河湾が一望だった。海に沿った戸田の町が見えた。幕末の一時期には、日本中が注目する黒船騒動の舞台となったが、その後はただの農漁業の町としてひっそりと生きてきた土地である。華やかな生活をしてきた志津子がどうしてここに住むようになったかは知らないが、いつまでも若くて陽気なのは、それほど退屈もしなかったからであろう。このお喋りなお手伝いと友達のように暮らしているからでもあろう。私はそんなことを考えながら二人を眺めていた。

だが、録音されると誤解して猛烈に稽古をしたというのは驚きである。隠棲をしたことにはさまざまな理由があろうが、いくつになっても芸人としてのプライドがあるのだろう。若さの源泉かもしれない。

愛子の話によると、ちかごろなぜか三味線ブームで、近所の若い主婦が大勢習いにくるという。どうりで部屋に入るときにちらりと見えたのだが、和室の大きなガラスケースに、延べたままの細棹（ほそざお）が二丁もあった。他に小さなトランクや箱も入っていた。たぶん別の三味線もあるのであろう。

「お志津さんは、浪曲ばかりじゃなくて、長唄から新内（しんない）、端唄（はうた）、小唄。津軽三味線だって弾けますのよ。お金取って稽古所をやればいいって言うのに、みんなタダで教えちゃうんですから……」

「どれも、ごまかしなんですよ」

志津子は顔の前で手を振る。

「いいえそうじゃないわ。お志津さんのはみんなハコに入った芸です」

ハコというのは、この業界では「正統の、正規の」というふうに解される。そんな言葉をなにげなく使うところをみると、愛子もただのおばさんではなさそうだ。

「志津子さんは、どうしてこの戸田に住んでいるのですか？」

本題に入った。小野が立ってカメラのシャッターを切る。志津子の顔にフラッシュが当たった。

「ここは、死んだ亭主の生まれ在所でしてね、まだ、何人か小学校の同級生もいるんです。ちょっと前までお母さんも生きていたんですよ。まぁ、亭主の代理みたいなもんです。でも、住んでみると、だんだん私のふるさとみたいな気がしてきましてね」

志津子の夫は浪曲師の広田小繁である。来る前に古いレコードを探し出して聴いてきた。SPと呼ばれた七十八回転盤である。小繁は全盛時代が短かった。レコードの数も少ない。よく探し出してきたというものである。当時は録音技術も低いうえに、盤がかなり摩耗していて聞きにくい。三味線を弾いているのは志津子ではなくて男だった。掛け声が太くてやけに力強かった。

「生粋の関東節。高音のいい声ですね。『雪月花』という外題でポリドールから出ています。これ何枚目のレコードかわかりますか?」

「さぁ、よくわかりません。いずれにしても声を潰す前ですから……」

「えっ、小繁さんは声を潰されたんですか?」

そんなことはずさんな調査資料にはなかった。初めて聞いた。途中から名前が消えてしまったのはそういうことだったのか。

「そうなんです。あのままいけば、もう少し大きな看板になったのでしょうが、声を潰して、いっぺんに駄目になりました」

「いつごろのことです?」

「昭和十七年ごろからです。ぱたっと止まってしまいました。……私のせいです」

志津子は苦笑いの顔になった。触れられたくない過去が甦ってきたのだろう。誰にも触れられたくないものが一つぐらいはある。そっとしておくのが思い遣りだが、因果なことにそれを聞かなければ志津子の芸は語れない。

「あなたのせいとは、どういうことです？」

「私の三味線がへただったからですよ」

「……曲師の善し悪しで、声が潰れることがあるんですか？」

曲師とは浪曲の三味線弾きのことである。

「ありますよ、そういう例は何人も。ご存じでしょうが、浪花節というのは、読み手と曲師が一体でしてね。曲師がまずいと、読み手にそれだけ負担がかかる。間がもたないから無理に声を張るんですよ。のらりくらりの滑稽読み（客を笑わせる軽妙洒脱の芸）ならなんとかなるでしょうが、関東節はびゅうびゅう声を張りますからね。私まだ駆け出しで、そんなことちっとも知らなくて……曲師なんてただチャーンチャンと合わせてさえいればいいと思ってたもんですから」

人ごとのようにあはは……と笑ったが、何を思い出したかふっと眼が虚ろになった。

「あなたのお生まれは東京でしょう？」

「……浅草です」

浅草田島町の滝本興行社といえば全国的に名の通った、今で言えば大手の芸能プロダクションだった。志津子はそこの社長の娘だった。姉が一人いて婿を取ったが、その婿も番頭となって興行を継いでいた。

　志津子は芸能界にはまったく興味がなく、出入りの芸人と話をしたこともない。詩集などを小脇に抱えて隅田川べりあたりをぼんやり歩いているのが好きだった。ある日、父の芳太郎が突然部屋に入ってきて、広田小繁という男と結婚する気はないかと言った。歳は二十六で志津子より七つ年上である。広田繁造の一番弟子で、若手の出世頭だという。

　浪曲師になるには、弟子入りして五、六年の年季奉公をすることになっていた。師匠の家に住み込んで、掃除、洗濯、飯炊き、子守などをしながら、夕方になると寄席に先乗り（師匠より先に乗り込む）して舞台の仕事を手伝うのである。下座の太鼓も叩く、見出しの字も書く、師匠の着物の着付けまで手伝う。テーブル掛けを掛ける、畳む。笛を吹く、柝を打つ。師匠が舞台に出ると、舞台の袖に座って後見をする。夏の暑い時期には、曲師の背中を団扇であおぐことまでする。そうしながら自分の芸も覚えるのである。そんなに働いても、報酬は師匠が気まぐれにくれる小遣い銭だけだった。

　小繁の年季中の芸名は繁晴で、前座から二つ目に進んだころには、すでに一人前の人気があり、やがて師匠の代バネをするまでになった。売れっ子の広田繁造は寄席を何軒も掛け持ちする。多いときには三、四軒。そうなると時間的にどこでもトリを取るというわけにはいかない。三つ目あたりの高座に上がり、あわただしく次の寄席へ移動してゆく。その後は別の演者が、余った時間の埋め合わせをしてお客を納得させて帰す。これが代（だい）バネである。ところがお客は、目当ての看板主を聴いてしまえばあとはオマケのようなものだ。入場料を払ってへたくそに付き合う義理はない。帰り支度を始める者がちらほらと出てくる。やがてぞろぞろばたばたと足音が騒々しくなってくると、残っていた客までがせきたてられて席を立つ。騒音の中で泣きべそをかいている演者（えんじゃ）ほど惨めなものはない。だから席亭のほうでも代バネには金を使う。ちょっとした看板を頼んでくる。繁造はそれを弟子の繁晴にやらせるのだから、その出演料までもが懐へ入ってきた。そういうことで繁晴の年季が明けたときは、師匠は莫大な費用をかけて盛大な襲名披露をしてくれた。大劇場の前に東西の錚（そう）々たる大看板の幟（のぼり）が並んだ。何年に一度という襲名東西浪曲大会である。繁晴改め小繁。そこでトリを取ることこそが真打（しんう）ちの証明であった。それと師匠が自分の名前の上に小の字を与えたことは、ゆくゆくは二代目を継がせるという暗黙の意思表示なのである。そういう不文律がこの世界にはあった。満員の客はそういうことも承知で聴いてくれる。繁造の贔屓筋（ひいきすじ）からテーブル掛けや幟が贈られた。故郷の静岡県伊豆の戸田村からも有志数人が上京してきて、駿河湾に富士山が聳える絵柄のテーブル掛けを寄贈してくれた。まさに小繁の晴れ舞台だった。

小繁は年季中にも師匠の供をしてよく滝本興行社の事務所へ来た。それでいやでも志津子は顔を見知っていた。礼儀正しくて、芸人にはめずらしい品行方正の青年だと噂に聞いていた。酒もほどほど、博打（ばくち）はやらない。勉強家でネタも豊富に持っているという。ただ、片方の眼が義眼で、何か考えるときには少し上を向いて斜視のような姿勢になる。志津子はそれを別に気にとめたことはなかったが、結婚の相手と言われたときはすぐにその姿を思いだした。なぜか人ごとのようで、くすくすと笑ってしまった。

志津子は小繁と結婚した。不満はなかった。小繁の誠実さが見せかけでなかったこともうれしかった。

小繁は眼が悪いのによく本を読み、浪曲のネタ帳作りも怠らなかった。ネタを貰いに大先輩の家へ出向く、ひまがあると講談の寄席へ、まれには浄瑠璃(じょうるり)さえも聴きに行った。志津子は食事、洗濯のような普通のサラリーマンの妻といくらも違わない生活をしていればよかった。違うのは夫を送り出す時間が午後で、出迎えが深更だということだけである。小繁は寄席がハネると真っすぐに帰ってきた。ある意地の悪い長老が、「あんな生真面目(きまじめ)な芸人は大成しないよ」と言ったというが、志津子は小繁がこのままでいてくれても良いと思っていた。人気が上がるほど生活は派手になり、女出入りも多くなる。小繁のアルバムを見ると、師匠の広田繁造は巡業に愛人を同伴していた。

「このきれいな女のひと、曲師なの？」

と訊くと、小繁は困ったような顔をして、

「ま、そんなようなものだ」

と言った。小繁は志津子をいつまでも世間知らずのお嬢さんだと思っているらしいが、このごろはいろいろ勉強しているのだ。大看板はむろん、それに近い浪曲師には専属の曲師が付いていることぐらい知っている。今の繁造には日本一と定評のある加賀綾女という合三味（あいじゃみ）（専属の曲師）がいた。年季中の小繁が写っている写真だから綾女はまだいないだろうが、曲師はたぶん大勢の後方で横向きに写っている中年の女性であろう。

結婚して一年目に男の子が生まれた。小繁の本名が沢崎晴男で、一字取って正晴と名付けた。小繁は滝本興行社が肩入れしていることもあって順調に売れてきた。ラジオ放送も好評だった。念願のレコードも発売された。初めて大阪の劇場へも出た。大阪の寄席を半月も渡り歩いた。東京で受けても大阪では不評だったという人も少なくない。小繁はいよいよ全国的な看板になったということである。

夜、志津子は正晴に添い寝していて、いまごろ小繁は舞台に立っているか。宴会の席で酒を飲まされているか。まさか芸者と戯れていることはないであろうが……などと想像した。小繁だって男である。魔がさして浮気をしないとも限らない――そんな妄想にも捉われた。嫉妬深い女は芸人の妻として失格だと聞いたことがある。すると芸人の妻は、ずっとこうした不安な夜を耐えてゆかなければならないのだろうか。

父の事務所に来るある中堅看板は妻を曲師にしていて、巡業にも同伴だという。

（私も三味線習おうかしら……）

ふっと思った。小繁といっしょに旅行ができる。浮気の防止にもなる。それに曲師の出演料まで入るのだから一石何鳥もではないか。志津子はこの思いつきをさっそく母に話した。働いたこともない志津子が働くというのだからさぞかし褒められると思ったが、母は笑って顔の前で手を振った。

「よしなよしな。浪花節（なにわぶし）の三味線なんて生やさしいものじゃないよ。合三味になるにはね、まず読み手のネタを全部覚えなくちゃいけない。それでなくちゃ呼吸が合わないんだよ。おまえなんか、小繁さんの高座を見たこともないじゃないか」

「見るわよ、ちょいちょい。これでもときどき寄席へ行ってるのよ」

「それは半分お客さんじゃないか。みんな、小さいときから芸人の子なんだよ。おっ母さんが曲師で、娘が曲師って、つまり幕内（まくうち）から見て育った人ばっかりなんだよ」

「嘘……」

「そりゃ、例外もあるさ。そういう人はずいぶん泣きが入ってるよ」

「……私も泣くわよ」

とうとう母をくどき落とした。母も少しは三味線が弾けるのである。一カ月ほど手ほどきを受けて、それから裏の路地にすんでいる本職の三味線弾きの弟子になった。小繁には何も告げなかったが、ある日、三味線の入ったトランクを見つけられた。

「内緒で習ってるのよ」

と言うと、母と同じように笑われた。

「趣味でやってるぶんにはいいが、銭を貰うとなるとやっかいだぜ」

「でも、もうそうとう弾けるのよ。ちょっと稽古台になってちょうだい」

すぐに三味線を繋いだ。嫌がる小繁に無理やり節をやらせた。音程が外れることをクソツボという、小繁はそこでぷっと吹き出して、

「やれやれ、小学校の学芸会だ」

「だって、まだ三カ月にもならないのよ」

「まぁ、筋はいいみたいだな。長くやってりゃ何とかなるかもしれねぇな」

「お師匠さんも褒めてくれたわ、筋がいいって。でも、指が擦れて痛くて痛くて、なんだかやめたくなっちゃった」

「やめろやめろ」

志津子はやめなかった。少し慣れてくると浪曲の三味線なんて案外たあいもないものだと思い始めてきた。関東節にもいろいろ派があって、それぞれ節もテンポも違う。今では木村重友を総帥とする木村派。東家楽遊から発した東家派。初代鼈甲斎虎丸を祖とする虎丸派。それから玉川勝太郎一門と広田繁造一門である。三味線の手はどこが違うかといえば、引き出し部分(プロローグのメロディー)と、当て節の部分(節の聴かせどころ)と、切り場の早節の部分(最後の追い込み)である。志津子の場合は小繁の節だけをマスターすればいいのだから、そ

れほどむつかしいことではない。ただ、プロの曲師はたとえ誰かの合三味になっていても、その人が大看板でもないかぎり、前読みの何人かを弾かなければならない。駆け出しのうちは前読みばかりである。出方と呼ばれる前読み専門の浪曲師は、木村派だったり東家派だったり、中には自己流の難解な節を使う人もある。それらはしかし適当に合わせてさえいればめったに苦情もこない。三味線とはそれだけの芸だと思った。師匠も「こういうものは、慣れですよ」と言った。

志津子は正晴を母に預けて、毎日のように寄席へ聴きに行った。楽屋をうろうろしていることもあった。幕が開くと曲師の横に座って見学した。曲師は屏風の陰に居るので、志津子一人ぐらい増えてもお客には見えないのである。前読みを弾く曲師は、前座、二つ目、三つ目、モタレとたいていは四人弾く。時間にしておよそ二時間。かなり重労働にみえるが、慣れたもので演者が啖呵（語りの部分）をやっているときは、撥を置いてたばこを吸っていたり、お茶を飲んでいたり、扇子を使っていたり、適当に息抜きをしていた。楽屋の笑い話では、便所へ行っていた婆さんもいたという。さすがにトリで上がる看板主の曲師は気を抜かない。啖呵になっても「おうっ」とか「えっ」と掛け声を掛け、撥も入れる。今日の不評が明日の客の入りに響くからである。小繁の曲師は男で、武藤仁五郎という元は浪曲師だった人である。小繁が啖呵で鋭く突っ込むと「やぁっ」「えいっ」とまるで剣術でもやっているように受ける。悲しい節は「あぁぁぁ、えぇいぃ」と節をつけた掛け声になる。元は読み手だったせいで、いつのまにか自分が演じているように錯覚してしまうのかもしれない。彼の過剰な掛け声を邪魔だといって嫌う演者もいたが、大方の評判はよかった。小繁はほとんどこの武藤を雇っていたが、哀しいことに新進中堅の看板では合三味として月給で縛ってはおけない。武藤が誰かに雇われたときには別の曲師で我慢することになる。

あるとき十日間ほど千葉県の旅に出た。とうとう志津子が同行した。その前に何度か寄席で前座か二つ目を稽古で弾かせてもらっていた。小繁は危ぶむふうだったが、

「大丈夫、立派に弾いてみせるわ」

志津子は強引に説得した。結果はうまくいった。わけのわからない前読みの若者より、勝手知った小繁のほうが弾きやすかった。各地で大入り。気の荒い漁場（りょうば）の客だったが大いに受けて凱旋してきた。志津子の出演料は武藤とそれほど違わないという。

「儲かったじゃない」

「そうだな。そのうちおまえも慣れるだろうから、これからもやってみるか」

そのとき小繁の決心をうながしたのは経済的な打算だけだったろう。

戸田村の小繁の父は大工だったが、身体が弱く家は貧しかった。一人息子の晴男少年も新聞配達などをして家計を助けていたが、成人するとさっそく大工の見習いとして、近くの棟梁（とうりょう）の家に住み込んだ。ところが晴男は片方の眼が見えない上に、生まれつき手先が不器用だった。ノミで掘った穴はひどく曲がっている。削った板は凸凹でささくれだって、たいてい後で職人

が削り直した。親方は父の友人で、晴男をなんとか物にしようと努力したがとうとう匙を投げた。次にすぐ近くの土肥村の経師屋へも行ったがこれもしくじった。晴男は行き場がなくなった。学校ではいつも級長で、村の篤志家の援助で小学校高等科まで出してもらったいわゆる出来のいい子だったが、一転して役立たずに堕ちてしまった。狭い村だから、ぶらぶらしていると目立つ。級友がいっぱしの職人面して働いている現場に遭遇すると、こそこそと逃げて通った。

「俺は学校では詩吟の選手でね、学芸会なんかいつも主役だった。それで声がいいということで浪花節になったんだが、こういうと何だが、浪花節の弟子になる奴なんて、いいかげんなのが多い。年季中に女や博打を覚えちまって、そのうちに何か悪いことをしでかしてドロンだ。ところが俺には帰る場所がない。浪花節で食ってゆくしかない。必死だったよ」

小繁はそう述懐していた。貧しく育った性かもしれないが、大事なところで収入を優先させていた。

志津子は小繁の合三味として寄席にもついて行くようになった。楽屋では「えっ、もう合三味かい?」と、師匠格の人や出方たちが驚いた。「天才だ」と冗談に叫ぶ者もいた。志津子は子供の頃から器用だった。遊び半分に通った日本舞踊も筋がいいといつも褒められた。やれば出来るのにやらなかっただけなのだ。志津子は自分の豊かな才能を誇りに思った。

そんな思い上がった日々が一年も続いただろうか。ある日小繁は風邪をひいたと言って医者へ行った。帰ってきても咳払いばかりしているので「どうしたのよ?」と心配すると、喉に何かが詰まって声が出ないという。風邪といっても熱も無い、咳も出ない。ただ声だけがかすれているのである。

医者は声帯が疲れていると言った。疲れたのなら休ませれば回復するであろう。ところが何十日たっても声は出なかった。普通の会話すらかすれているのである。喉に湿布をしたり、いろいろな薬を飲んだ。小繁が大嫌いだという蛇の生き血を薦める人もいた。

「思いきって蛇屋へ入ったよ。十七、八の愛想のいい娘が出てきて、どれにしますかって言うんだ。籠の蓋を取ると、中に蛇がうじゃうじゃいやがる。ぞっとしたね。好きなの選んでくれって横向いちゃった。そしたら娘は一匹をちょいとつまみ出して、頭のどこかを切ったんだな、小さなコップにちゅうっと血が入った。眼をつぶって飲んだよ。気持ち悪いのなんの」

小繁は不快な味を顔で表現した。志津子はそのころになって事の重大さを意識し始めていた。小繁の声はもう元に戻らないのではないのかと思った。実家へ行って相談した。父の芳太郎は深刻な顔で、

「大きな病院で診てもらえ。費用は俺が出してやる」

と言った。母はそれとは別に生活費を志津子の懐へ入れてくれた。小繁は二カ月ほども仕事を休んでいた。一銭の収入も無い。たちまち付き合いの出費にも困った。派手に振る舞っていても芸人の生活基盤はもろいものである。昨日の大名が今日は乞食だ。

志津子は曲師として稼ごうと思った。父の顔で寄席の前読みを弾く仕事を得た。

「心配しないで、あたしがついてるわ」

胸を叩いてみせると、

「そうか、すまないなぁ」

小繁は寂しそうに笑った。声は大学病院でも治せなかった。絶望感にさいなまれながら小繁は毎日正晴の子守をしていた。時には浅草寺の境内や上野公園に遊んだ。ぶらぶら歩いていると不思議に知人に出会うという。

「あれっ、どうしたんですか師匠?」

寄席へ行く時間帯だと必ずそう訊かれる。いちいち説明するのも嫌だし、恥ずかしいから逃げまわっていた。広いと思っていた東京がずいぶん狭くなったという。

志津子のほうも悲惨な目に遭っていた。前座、二つ目ぐらいの駆け出しのくせに、舞台から志津子の顔を睨むのである。降りてからも露骨に嫌な顔をする。なかには「姐さん、あそこはもっとたたみ込んでくれなきゃ」などと文句をつける者もいた。小繁が声を潰した噂はすでに広まっていた。隆盛な芸人と落ち目の芸人との差別はひどいものである。

「あたしの三味線そんなにセコイかしら」

志津子は帰ってくると小繁に泣いて訴えた。小繁は驚いて、

「ちかごろの小僧は生意気だからな。まぁ銭のためだ、我慢しなよ。そのうち慣れてくれれば、

誰にも文句を言われなくなる」

正晴を膝に抱きながらなぐさめてくれた。志津子はしかし自分が生活をささえているのだと思うと、これはこれで楽しい気もしないではなかった。寄席がハネてから屋台の蕎麦を二人で食べに出て、自分のガマ口の口金がパチンと鳴るのは心地よかった。

——初冬の寒い日だった。いつもより早めに楽屋入りして廊下を歩いていると、「セコイねぇ」と、少しふざけた大きな声が聞こえた。セコイという言葉を聞くと近ごろの志津子はぎくっとする。自分のことを言われているのかと足を止めた。

「セコイけどしょうがねぇ。滝本さんの娘だから、断るわけにもいかねぇし」

「小繁もあれでだめになっちゃった。惜しいことしたなぁ」

「俺も忠告したんだ。女房を三味線弾きにすると、重宝だからつい使っちゃう。だめだよって言ったんだが……」

聞き慣れた声だった。父と親しい興行師と席亭の主人である。志津子は金縛りに遭ったようになった。顔から血の気が引いてゆくのがわかった。

(すると、あの人の声は……?)

いつの間にか楽屋口から外に出ていた。自分のへたな三味線で声が潰れたのだろうか。

(そんなばかな。そんなばかな!)

小繁は一言もそんなことを言わなかったではないか。昔は海辺などで大声を張り上げてわざと声を潰したという。今の浪曲師の声とはそんなにも脆弱なものなのであろうか。マイクの普及で昔のようなダミ声は出さなくなった。新内のような澄んだ声になってきていた。むろん、師匠の繁造も小繁もそうだ。マイクに助けられながら声量を加減している。だが、その分だけ音程が高くなった。小節の鋭い切れ味を要求されるようになった。究極の高音を張り上げた頂点で小節を回すのである。そこでは三味線も撥が折れるほどに叩く。弦を目一杯に張っているので、細い三の糸、ときには二の糸までもが切れることがあった。そんな高い位置で、へたな三味線をカバーして無理に声を操作していれば、いつかは声も切れる……のだろうか？

志津子は病人のような足取りで電車に乗った。思いあたることがないでもない。舞台を重ねるごとに、小繁の声が苦しそうになっていったのだ。

借家は路地の奥だった。このあたり奇術師だの漫才師だの、芸人の家がひしめいている。寄席の支度をして家を出てくる芸人に何人か出会った。志津子は誰にも挨拶を返さずにぼんやり家の中へ入った。

二階で小繁が正晴を横に遊ばせて、小机で水墨画を描いていた。なにもすることがないので習っているという。

悄然と座り込んだ志津子を見て、

「あれっ、どうしたの？」

と言った。

「あたし、今日は休む」

「席亭さんに断ってきたのか？　無断で？　おいおい勝手なことをするなよ。穴があいちまうよ。どうしたんだ。熱でもあるのか？」

肩に手をかけられて志津子は泣きだした。

楽屋で聞いてきた話をすると、小繁は笑いだして、

「楽屋の話なんかヨタにきまってるじゃないか。いちいち気にしてたら身がもたねぇよ。声はもうすぐ治る。さっきもちょっと稽古した。だいぶ出るようになった」

小繁は咳払いして痰を紙に吐き出してから、「あーあー」と声を出した。低いかすれた声が細々と出た。ずっと会話をするにも困難だったのだ。声を長く延ばせただけでもほのかな光を見た思いである。

背中を押されるようにして志津子は寄席に戻った。だが、その日から志津子の芸に対する認識が変わった。先輩たちの話に真摯に耳を傾けるようになった。ごまかしの世界のようで、絶対にごまかしの利かない世界。小繁の声を潰したのは自分のまずい三味線だったという思いは、しだいに確信にちかいものになっていった。

小繁の薦めで黒船町の加賀綾女の家に日参した。広田繁造の合三味は、今や日本一の評判が高い。まだ三十を少し過ぎたほどの歳だが、女中を置いて優雅な一人暮らしをしていた。

教えてもらうには、むろん小繁の身を案じていた繁造の許しがあったからである。繁造が東

京にいるときは綾女も午前中は体が空いていた。しかし夜の遅い稼業だから日が高くなるまで寝ているのが普通だ。繁造の要請がなければいくら金を積んでも教えてなどくれない。

朝十時から十一時までの一時間。最初の日、綾女はあくびをしながら出てきて、

「小繁さんの節をやってごらんよ」

と言った。志津子はびっくりした。三味線は弾いても小繁の節真似ができるはずがない。

「それじゃおまえ、勝手に弾いてるのかい？」

綾女は意地の悪い目で睨んだ。志津子の三味線をひったくるように取ると糸巻を握って改めて音程を調整した。軽く弦を鳴らしてから、「一が死んでるよ」と言った。

三味線を膝の上に横たえた。一の糸のさわり紙（音の響きを良くするために一の糸だけ上駒のあたりにつける紙）を強くつまみ上げた。紙がぷつんと切れた。

「さわりは大切だよ。こんな安物の紙を使ってちゃ、二も三も共鳴しないよ」

切れた紙を志津子の膝へ放ってきた。綾女は次の部屋へ立っていって自分用の和紙を持ってきた。三味線は母が買ってくれた紫檀の高級品である。綾女の撥が当たるとまるで別の楽器のように強い音が出た。カーン、カーンと小気味のよい響きである。驚いたことに、綾女は繁造そっくりの節を使いだしたのである。

「……おまえは伊勢のぅ侠客でぇぇ。俺は海道清水の一家ぁ。自慢じゃねぇが長吉ようぉぅぉ。吉良のぉ仁吉はぁぁ……おとこぉだぞうぉぉ…」

小繁も当然繁造節で次郎長伝は得意である。志津子はいつも聴いていて文句も憶えていたが、まさか節真似をしたことはなかった。綾女はこれぞ関東節という早節をやったのだ。弾き語りというものだが、早くて激しいので慣れなければとうてい弾けるものではない。

「さぁ、やってみな」

三味線を突き付けてきた。仕方がないのでぽつりぽつりとやり始めると、綾女は薄笑いしてどこかへ行ってしまった。志津子は惨めに部屋にひとり取り残された。

志津子は家で弾き語りの稽古をした。これが出来なければ綾女はたぶん何も教えてくれないだろう。金切り声を張り上げると、そばで小繁は嗤いもせずに黙って聴いていた。

二カ月も経ったろうか、綾女は自分も三味線を抱えて志津子の間近に膝詰めで座った。志津子に小繁の節をやらせながら、「もっと糸を強く押さえるんだよ」「手が違うじゃないか！」「この撥は下からすくい上げる」「一二三をかっ払う」「小指を離せ！　何べん言ったらわかるんだ、ばか！」と、男のような言葉で叱責する。もたついていると焦れて撥の尻で志津子の膝を突く。同じところばかり突かれるので膝が腫れた。突かれるたびに飛び上がるほど痛い。突かれる恐怖に脅え、指先から血を流し、気がつけばいつも目尻に涙がたまっていた。

（ああ、泣きが入るとはこういうことか）

綾女が巡業に出てしまうとほっとするのだが、志津子は一人で弾き語りの稽古をした。節と三味線を同時にやりながら、掛け声も自分で掛けるのである。小繁もしだいに声が出るようになってきた。浪曲協会から番頭に雇ってやるという話もあったが断った。いつか復帰したとき、安っぽい芸人になってしまう。志津子はこんどこそ日本一の曲師で支えてやるつもりだった。いつの間にかそんな執念のような眼になっていた。

志津子はたとえ前座でも必死に弾いた。すべてが稽古である。綾女は「どんなにうまくなっても、弾き過ぎちゃだめだよ。三味線は前に出ちゃいけない。そうかと言って、後ろから付いてゆくと重くなっちゃう。読み手の背中にぴたっと張り付くんだ」と言った。具体的にどうするのかは教えてくれない。舞台の袖から盗み取るしかない。綾女は派手な手を弾いたかと思うと、ふっと音を止め、撥で一の糸を擦るようなこともした。「ぐうーん」と人間がうめくような音が出た。そういうとき、読み手はたいてい細い声で哀しい場面の節を使っているのだ。

（凄いなぁ、三味線が生きてる……）

志津子はため息をついた。武藤仁五郎ではないが、自分もいっぱしの読み手になって、読み手の心を知らなければだめだと思った。

そのうちに、舞台から睨みつける者がいなくなった。「志津子さん、うまくなったねぇ」と師匠方から声をかけられるようになった。評判が良くなると、中堅あたりの看板から巡業の誘いがきた。巡業は給料が高い。志津子は進んで応じた。そのなかには若い志津子の色気が目当ての男もいた。小繁の浮気防止で習い始めた三味線だったのに、逆の立場になるとは苦笑するしかない。旅先から「あなた、私を信じてね」と、我ながら面映い手紙をせっせと送ることになった。また、三味線が少しでもミスをすると、凄い形相で舞台から睨み、扇子でテーブルを激しく叩く男もいた。芸人言葉でこういう嫌がらせを「たじれる」という。曲師泣かせと評判のこの男を誰もが敬遠したが、この男は声が大きい上に、楽屋が軽蔑するいわゆる「臭い芸」を平気でやる。だから地方では客の入りがいい。高い給料をくれるので志津子は敢然と引き受けた。舞台を降りてからもさんざん罵倒されたが耐えた。戦争が激化してくると、兵隊の慰問で中国の戦線にも行った。トラックの荷台が舞台のときもあり、背後のシートがまくれ上がったりすると満州の風は寒かった。帰ってくると小繁は一人で節の稽古をしていた。高音が出ないので、それなりの巧妙な節を作り出しつつあるようだった。

小繁が舞台に復帰したのは昭和十九年の秋である。じつに三年ちかくのブランクだったが、そのとき戦争は日本の敗色を濃くしていた。東京が初めて敵の激しい空爆を受けて、演芸もなりたたなくなった頃である。

小繁は東北の巡業に出た。評判は芳しくなかった。広田小繁ならさぞかし意気のいい繁造節を聴かせてくれるだろうと期待した客を失望させた。誰の節でもない、繁造に少し似た小繁節なのである。ある通を自認した客が楽屋へやってきて、その人はいわゆる土地の芸能ボスなのだが、「凄い三味線ですなぁ。こんな切れのいい三味線は、田舎ではめったに聴けませんよ」と志津子を褒めた。読み手を無視して三味線を褒めるとは何事か。小繁は笑っていたが志津子は口惜しくて泣けてきた。

東北の旅は辛かった。悪い興行師に給金を踏み倒され、座員を抱えて途方に暮れた。熊笹の原を荷馬車に揺られて、この先に民家があるのだろうかと心配するほどの僻地へも行った。東北各地もけして安全ではなかったが、昭和二十年三月の東京大空襲のニュースは唖然として聞いた。不敗神話の日本はどうなっているのだろうか。そしてこの混乱の中で声を潰した浪曲師はどう生きれば良いのだろうか。小繁にとっていっそうの不運は、この東京大空襲で志津子の父芳太郎が死んだことである。滝本興行社は戦後も生き残ったが、規模の小さな経営になった。

浪曲は戦後も幸い健在だった。広田繁造などは映画にも出演して以前に勝る人気で、たまたま石川県金沢の卯辰山（うたつやま）の劇場に来たとき、小繁と志津子は楽屋に挨拶に行った。同じ金沢にいたからである。土地の名士が詰めかけた楽屋は華やかで、清酒やらちかごろ見たこともない羊羹やらが床の間狭しと並んで、食糧難がどこにあるかと思わせた。繁造は分厚く積まれた色紙にせっせとサインをしていた。「さすが先生だな」と、帰り道で小繁がぽつりと言った。小繁は同じ金沢でも、香林坊（こうりんぼう）の映画街にある常設演芸場に半年もくすぶっていたのだ。そこは入れ替え無しの三回公演だが、常に五、六十人の客の入りしかない。給食は冬瓜（とうがん）のあんかけばかりが出た。

山陰の港町を転々としているとき、小繁はぼんやり海を眺めていた。指をさして、「あの辺、戸田に似ているなぁ」と言った。声を潰してから一度も故郷に帰っていない。父が死んだことも旅にいて知らなかった。後で葬式費用を送っただけである。襲名披露のときは戸田村の有志がテーブル掛けを持ってきた。小学校の同窓生が祝儀を送ってきた。「おらたちの村から浪花節の真打ちが出た」と村中が沸き立ったという。今では却って恥ずかしくて帰れないというのである。志津子は横にしゃがんでいて胸が痛んだ。すべて自分のせいである。あんなに才能があって努力した芸人をダメにしてしまった。そして小繁がそのことで一度も愚痴を言わないのも、ありがたいようでほんとうは辛かった。

「志津子さんは、その後も日本一の曲師としてご活躍なされたんですが、広田繁造さんの合三味になられたのは、むろん小繁さんが亡くなられた後ですよね」

私が訊くと、志津子は悲しい眼をして、

「小繁は四国を巡業中に、四十八で死にました。心臓が悪かったんです。声を治そうとして変な薬をたくさん飲んだせいでしょう」

瀬戸内海の横なぐりの雨。和服の裾を押さえて艀(はしけ)にとび移った。場末の古い劇場の楽屋。旅役者の幟で作った汚らしい布団が敷いてあった。冷たくなった小繁にすがりついて「あんたっ、あんたぁっ！」と空しい呼びかけを繰り返した。侘しい裸電球の下で志津子は号泣した。こんな惨めな臨終がほかにあるだろうか。

「私が一人になったので繁造先生からお誘いがあったんです。その一年ほど前に、加賀綾女さんが自動車事故で亡くなりましてね」

そのとき繁造も同じタクシーに乗っていたという。奇跡的に軽傷だった。マネージャーが重体、綾女は即死だった。当時の大きなニュースになった。

「成功する人は運もいいんですよね」

志津子は薄く笑った。

繁造の合三味になって志津子の生活はがらりと変わった。給料は、売れない中堅看板の倍以上である。小繁との巡業では楽屋泊まりばかりだったものが一流ホテルになった。楽屋も志津子専用の一人部屋が用意されるのである。志津子にはそれが却って小繁を思い出させて哀しいことでもあった。繁造はぼつぼつ晩年の大家になりつつあったが、それも綾女の後の臨時の曲師が合わなかったせいもある。志津子の三味線で盛期を取り戻した感があると、ある芸能評論家が語った。これが小繁だったらと未練がこみ上げてくるのである。

「でもね、あんなに運のいい繁造先生だって引退するときは哀れでしたよ。舞台で挨拶したけれど、中風(ちゅうふう)でろくに喋れないんですから。繁造先生には申しわけないけど、ああ、これでやっと内の人とおんなじになった。そう、思いましたよ」

実家に預けてばかりいた正晴も大学を卒業して就職も順調だった。気楽になった志津子は素人の浪曲番組にも出た。ＮＨＫの専属にもなって多くの若手浪曲師を弾いた。気にかかったのは小繁の母親である。戸田村で親類の世話になりながら長寿を保っていた。生活費はずっと送りつづけていたが、このまま放ってはおけないといつも気にかかっていた。

「引退する三年ほど前ですか、息子の援助もあって、戸田に家を建てたんです。お義母(かあ)さんと一緒に暮らそうと思って」

「仕事に出てゆくのに不便だったでしょう？」

「仕事もあまり受けなかったのでね、苦にはならなかったですよ」

戸田村に住み着いて感激したのは、小繁の幼なじみが入れ代わり立ち代わりして訪ねてきたことであった。みんな高齢だったが、小繁のことを語るときには急に若くなった。

「東京へ行ったときよぅ。寄席の前でうろうろしてたら、番頭みたいなのが出てきてね、入るのか入らないのかって訊くから、おら、広田小繁に会いにきただって言ってやった。そしたら急に丁寧な物言いになって、楽屋へ案内されちまった。晴男のやつ、まるでてめぇの家みたいに、まぁゆっくりしていけよ、なんて言やがってね」

彼らの中では小繁は全盛時代のままだった。

（ああ、これが生まれ故郷なんだ）

東京で生まれ育った志津子は故郷という感触を知らなかった。帰ることを渋っていた小繁も、ほんとうは帰りたかったにちがいない。芸人はつまらないところで虚勢を張る。帰るに帰られなかった小繁の哀しみの分まで、志津子はここに居ようと思った。

「今でも、その弾き語りというのをやれますか？　よろしかったら、ちょっと聴かせてくれませんか」

取材が一段落ついたところで、私はごく軽い気持ちで誘ってみた。ラジオの収録と間違えて稽古をしたというくらいだから、今の芸にそれほど衰えを感じていないのではなかろうかと思ったのである。

「よされ節」とか「××口説（くどき）」のような芸をずっと収録してきた。彼らは村や道端で一つの物語を三味線の弾き語りで唄った。それは盛りのころも哀調を帯びていたであろうが、老いた上に長らくのブランクがあって声も干（ひ）からびたようになり、三味線の音もただバタンバタンとしか聞こえなくなった。素朴というよりは命の消えかかる侘しさのように聞こえた。浪曲もかつては大道芸の一つであったというが、桃中軒雲右衛門（とうちゅうけん）の出現以来、舞台芸として隆盛を極めた。明治から昭和の中期にかけて大衆芸能の王者として君臨した。老いたとはいえ志津子にその華がまだ残っているとしたら、これは予想外の収穫になるかもしれなかった。

「はぁ……」

と、しかし志津子は気のない返事をした。初めは収録しないと聞いてがっかりした顔をしていたのに、今はなぜか逡巡していた。

「いろいろお話ししているうちに、なんだか恐くなっちゃったわ。わたし、弾き語りすると夢中になっちゃうのよ。そんな姿をいまさら……恥ずかしいわ」

少し頬を赤らめている。なにを言っているのだと思った。芸人が恥ずかしがってどうするのだ。まさかもったいぶっているのでもあるまい。

「弾き語りは本職じゃないですもんねぇ」

それで、素人（しろうと）をけしかけるようにフォローしてやると、

「裏芸、ですかね……」

志津子は笑ってしばらく考えていたが、

「そうね……やろうかしら。人前で浪花節の三味線を弾くのは、たぶんこれが最後でしょうから」

ようやく立ち上がった。

隣の和室へ通された。志津子はガラスケースから鞄を取り出した。棹を延べた。太棹（ふとざお）である。糸を繋ぐ。さわりをつける。膝に抱えてトテン、トテンと調子を合わせた。

「途中のいいとこだけやりますね。小繁はやっぱり次郎長伝が得意だったんですけど、師匠に遠慮して、天保水滸伝（てんぽうすいこでん）なんかもよくやりました。今日は笹川の三六（さんろく）というのをやってみましょう」

カーンカーンと、いきなりさわりの効いた音色が響いた。（ああ……）と私は心でつぶやいた。今でも発売されている広田繁造のＣＤやテープから流れる志津子の音色に思い当たったのだ。

志津子はまず「引き出し」を弾いた。「時は天保……」と、表題付け（ひょうだいづけ）と呼ばれる荘重な節を

朗々と演じてから、啖呵を省いて当て節に入ってゆく。

「……鼓や太鼓は叩ぁかれりゃ、音をあげるかは知らねぇぇが、笹川一家の三六蔵ぅ、なんの弱音を吐くものか。どうせぇこうなりゃまな板にぃ、乗せたる鯉の活き料理ぃぃ。焼いて食わりょと煮て食われよとぉぉ…。賽の目形にされよとままよぅ。ここが命のぅおぉぉ……捨てぇぇどころぅ…」

びっくりした。ギターならコードだけ押さえて歌える。浪曲の伴奏はほとんどメロディーを奏でるのである。だから節真似もたぶん口の中でつぶやく程度とばかり思っていたら、喉に筋をたててかなりの大声が出てきた。しかもうまい。このまま女浪曲師でも通用するかもしれない。そしてそれは広田繁造の節に似ていたが、あのSPレコードの小繁の節であった。小繁は繁造の当て節より、もう一段高く上がってえぐるのである。志津子は忠実に再現した。私も小野もあぐらをかいていたのが、いつの間にか正座になっていた。

早い関東節に移った。志津子の横顔は明らかに舞台を見上げている。憑かれたもののように頬がひきつってきた。そこにはたぶん小繁の姿があるのだろう。撥も、叩いたり掬ったり、糸を押さえる指で糸を撥ねたり、細かなテクニックが加わってくる。掛け声にも一段と熱がこもってきた。もうそばに人がいることなどは忘れてしまっているのかもしれない。

高音が出なくなった小繁の節に（もっと高く張って！）（もっとえぐって！）と、心の中でもどかしい声援を送ってきた。しかし、どんなに頑張っても曲師は哀しい。しょせんは屏風の陰の引き立て役でしかなかった。潰れた声を元に戻すことはできなかった。鋭い撥さばきから迸り出る音は、遠い傷み(いた)の日々を無情に逆なでしているのかもしれない。

――ふっと、声が震えて切れ切れになった。文句を忘れたのか、それともなにか哀しい情景が心をよぎったのか。そのうちにとうとう声が出なくなった。志津子は下を向いたまま顔を上げない。三味線の音ばかりが細々と続いていたが、やがてそれも止まった。

志津子の額にうっすらと汗が光った。三味線を抱えたまま苦しそうに眼を閉じ、唇を噛んで何かに耐えている。室内がしんと静まってしまった。

プロの芸人は途中で演技を投げ出すことを極端に嫌う。恥だと教わってきたはずである。それを押さえつける何かがふいに込み上げてきたのだろう。胸が詰まった志津子は何もできなくなった。膝の上にぽたぽたと滴(しずく)が落ちた。

私は何か言うべきだと思い、言いかけて喉が詰まった。志津子が初めに逡巡したのは、こうなるかもしれないと怖れたからでもあろう。弾き語りには志津子の人生が凝縮されているはずだった。ことのついでに聴くようなものではなかったのかもしれない。

来たときと同じ道を戻った。

「今回は勉強になりました。芸人にとって芸とはなんぞや。なんだか、執念のようなものを感じましたよ」

助手席で小野がテープを再生しながら言った。関東節の高調子が、まるでエコーマイクを通したように狭い車中に響いていた。

私は黙ったままハンドルを握る。俯いて泣いていた志津子の姿がまだ胸に残っていた。

(執念なんて安っぽいものじゃなかろう。光に魅せられた蛾のように……死ぬまで突っ張り通す世界。どんなにあがいたって出られないのだ)

道がずっと登りになった。バックミラーに、夕日に輝く駿河湾が映っていた。あるとき、この海を渡って一人の少年が伊豆を去った。志津子の話では、父親は戸田港から汽船で沼津へ渡り、汽車で静岡の劇場へ息子を連れて行ったという。巡業中の広田繁造は静岡で公演していた。内弟子になるには当時五十円の保証金が必要だったが、貧しい親は静岡までの旅費しか工面できなかった。入門のときから師匠に借りをつくった少年は、故郷に錦を飾ることを夢みて必死に芸を磨いた。そしてとうとう帰ってはこられなかった。その無念の思いを抱いて、東京の女が帰ってきた。志津子はたぶん伊豆から出ることはないであろう。あの、ほんの十数分の弾き語りの中で、曲師としての一生が花火のように光って消えたと思った。

優秀賞

ヴォーリズの石畳

鎌田雪里

明治三十七年の夏、一隻の和船が下田に到着した。

沼津からのその船は、何から何まで木製の、やや時代遅れのスタイルで、駿河湾を伊豆半島にそって南下してきたのだった。

眠気を誘う昼下がりの漁港に、桟橋を歩く和装の客の下駄の音がかしましく響き、群れの中から頭一つ分飛び出している洋装の青年を孤独にする。あの日本の靴はいけない。試しに履いてあっという間に足指が赤むけた。どう発想したらあんな奇妙なものができるのだろう。

彼の名はウイリアム・メレル・ヴォーリズ。この一月にサンフランシスコを発って滋賀の近江八幡へ赴任した、経験六か月ばかりの新米アメリカ人英語教師である。

「あれか、総領事館は」

木造平屋のひしめく向こうへ、輝くばかりの白亜館が見える。

帽子を取って汗を拭き、俵ほどもある革鞄を持ち直し、人力車を止めようとして思いとどまる。建物は屋根だけで十分だ。誰でもよいから同郷の者に、会えないものだろうか。

青年は往来を眺め、ため息をもらして別の方角へ歩き出した。

投げ交わされる奇異の視線。

魚売りの声。

実のところ総領事館に用事などなかった。そもそも下田に用事があるわけではない。信州の軽井沢へ避暑に向かう途中、異国日本についての見聞を深めようと海路を選んだ。そうしてハリス総督が上陸したという下田を一目見んとてやってきたのだが、内心は、総領事館を訪れるであろう故国の者と言葉を交わしたい一念だった。軽井沢へ行けば米国人が大勢いるのは分かっている。分かってはいるが、残りの数日間が待ち切れないほど彼は寂しかったのである。

茶屋を見つけ、食卓(テーブル)にしか見えないベンチの端へ腰かけ、日本語で冷茶をたのむ。顔を上げると町民たちの目がサッと散る。

日本へ来て半年もたてばそういう反応にも慣れてくるし、世界の果てのような近江八幡の人びとは素朴であたたかく、受け持ちの高校生徒は礼儀正しくキリスト教への関心も高く、自宅で開いた聖書勉強会には初回に四十五名が参加したのだ。けれども今、無性に英語が聞きたい。バター付パンとコーヒーが欲しい。コロラドの両親に会いたい。弱音は吐くまいと決意して海を渡ってきたはずが、たった半年でホームシックにかかっている。

「おや?」

ヴォーリズは瞬きした。

茶を運んできた女のまげの向こうに、栗色の頭が見えたように思ったのだ。ホームシックで幻覚でも見たのだろうか。

奥へ目をこらすと、行き交う客と女給の隙間から、明らかに日本人のものではない明るい色の頭髪がのぞいた。

胸が高鳴った。

と、こちらへ視線が投げつけられ、あわててあらぬ方を向くも手遅れで、明るい色の髪に小麦粉をはたいたように見える皮膚の男は茶碗を置いて立ち上がり、人をよけて歩み寄ってきた。

「領事館へ行かれるのか」

あざやかなRの発音。発せられた英語にヴォーリズは陶酔した。茄子紺の縞紬(しまつむぎ)に兵子帯を締めた、十七、八の青年だった。

「領事館へ、行かれるのか、と云った」

「い、いや——ここへは観光で来たんだ。領事館へは行かないよ」

ヴォーリズはこたえ、ベンチのわきへ寄って青年に席をすすめた。

「いい」と青年はそっぽを向いた。「この道でないから知らせてやろうと思っただけだ」

「君、アメリカ人かい」

たずねると、立ち去ろうとした彼は振り返り、そっけなく云った。「あんたは?」

「アメリカ人だよ。英語の教師をしてる」

「俺は日本人だ」

強い口調で青年が言った。「日本人」

「でも髪が違う。——遠くからでもわかったよ。それに中部の英語だ」

「日本人だ。親父もお袋も」

「でも日本人ならば黒髪だろう?」

栗毛の青年はじっと彼へ目を注いだ。

ヴォーリズにはその注視の意味が分からなかった。何か変なことを云っただろうか？

「懐かしくてね。無性に」

相手が黙ったままなので言葉を重ねた。

「僕はデンバー出身なんだが、来日してからこっち西洋人に会っていなくてね。母国語ともご無沙汰だし、食べ物も住まいも、服も帽子も靴も――靴は下駄だし――それに周囲は総じて黒髪だろう。『神の御前に万人は平等』とはいえ、こうも一人だけ違うとね――」

青年は気が変わったのか、風呂敷包みを置いて椅子へ腰をおろした。

「あんた宣教師だろう」

「い、いや」

ヴォーリズは手を振った。「違うよ。志はあるけれど」

「いっそ村へ来たらどうだ」

「え？」

「黒髪でない者を見たいなら、俺の村ほどうってつけな場所はない」

「君の村？」

ヴォーリズは問い返した。「この辺にそんな村があるのか？」

「ああ」

「ああって………」

「松崎港へ上がって徒歩（かち）にて一刻」

「船路かい？　しかし――みんな日本語を話すんだろう？　僕はこれから軽井沢へ行くんだが、そんなような所なのかい？　軽井沢はあちこちから宣教師や駐在員が集まって、一大外人村を形成しているんだぜ。米国、イギリス、ドイツ、フランス、ロシア――」

青年は笑った。「負けてないぜ。俺の村も」

「本当に？」

「来るか？」

「いいけれど――まだ日本語がよく………」

「依田の爺さんに会わせてやる。依田庄の主人で博学だぜ」

包みを掴んで立ち上がり、「どうする」

「どうするって――宿は？」

「乞うさ。依田庄に」

ヴォーリズは応じかね、青年を見つめた。

「………南蛮寺もあるんだぜ。嘘じゃない」

青年は繰り返した。「南蛮寺――キリスト教会だ」

心臓を掴まれた気がした。「キリスト教会――？」

「来るなら早く」

「そんな――まさかそんなはず――だれか伝道者がいるのか？」

「来るなら勘定を早く」

苛々と青年は云った。「あれに乗り遅れたら厄介だ。陽が落ちてから山歩きすることになる」

ヴォーリズの耳に、近海船の出航の間近いことを告げる銅鑼の音が、茶屋のざわめきを縫って聞こえてきた。

彼は意を決し、冷茶を飲み干して立ちあがった。


一八八〇年一〇月二八日、ウイリアム・メレル・ヴォーリズは米国カンザス州レブンワースに生まれた。

祖父は教会の長老、父はオランダ系移民の新教徒、母はニューイングランドの清教徒で日曜学校の教師を勤め、二人は教会の奉仕活動で結ばれた仲だった。家庭にはすがすがしいピューリタニズムの空気が流れていた。

病がちな息子のために一家はアリゾナ州へ移り、大自然の中で健康を得てのびやかに成長した彼は、コロラド大学へ進学、在学中に代理出席した『海外伝道学生奉仕団世界大会』で一宣教師の演説に打たれ、即座に自分の将来の計画を変更した。そして卒業後の一九〇五年一月、北米ＹＭＣＡに紹介された英語教師として日本の土を踏んだ。

永住の決意だった。

「ちょっと、待ってくれ」

「……」

「なぜそんなに急ぐ」

松崎港で海路に別れを告げて山道へ入ったころから、栗毛の青年の表情が固くなり、歩く速度が早まり、ヴォーリズは音を上げた。「待ってくれ。止まってくれ」

紺足袋の下駄が鳴りやみ、向きを変える。

シンと澄んだ森。鳥の声。

木洩れ陽には夕暮れの橙色が混じっている。

「休まないか？　荷物が重くて――」

青年は幹を蹴りつけて下駄の歯にこびりついた枯れ葉を落とし、ふいに厳しい顔を上げた。

「やっぱり帰れ」

「――？」

「帰ってくれ。帰れ」

「どうしたんだ」

ヴォーリズはあわてて云った。荷物を置き、「待ってくれよ。帰れって？　急にどうしたんだ。

何か不都合があるなら説明してくれないか」

「……」

「おかしな奴だな。僕一人で引き返すのは無理だよ。それにまた船で下田へ戻ったりしたら夜更けになって夜盗に襲われちまう。ただでさえ目立つんだから」

しゃべりながらもしくじったという思いが頭をもたげてきた。

見ず知らずの者について乗船し、見知らぬ船着き場へ降り、山の中をもう半刻も歩いているのだ。油断した。半年の滞在で日本人に騙された経験はなく、まれに荒っぽい愛国主義者はあっても総じて穏やかな仏教徒の国という印象が強い上に、若者の堪能な英語に気を許していた。

彼はウソをついたのか？　そんなことをしてどうする。金品めあてなら今までに機会はいくらでもあったはずだ。

「君！　名をまだ訊いてなかったな」

ヴォーリズは両手を広げた。「僕も名乗ってなかった」

しかし来てしまった以上、このまま行くしかない。彼についていくしかない。神の信徒ならば何にせよ、それが神の聖旨(みむね)と思い定めるしかない。

「僕はヴォーリズ。ウイリアム・メレル・ヴォーリズ。君は？」

若者はこちらを見ていなかった。

ヴォーリズは腕を下ろした。「君は？」

てっきり無視されるかと思ったが、そうではなかった。

「依村譲一」

栗毛の青年は口の中で云って息を吐いた。

「ジョーイチ?」

「ああ」

茶屋のときと同じ、鋭い視線が来た。「日本人だ」

くるりと背を向けて歩き出し、二度と帰れとは言わなかった。

青年の着物の背中へ、夕暮れの木立ちが影を落とし、下駄に踏みしだかれる枯葉が乾いた音をたてた。いつ果てるとも知れぬ山道。颪の音。

けれども何故だろう、ヴォーリズは二度と不安を感じることなく、重い鞄さえ軽々と運んでゆけたのである。

夜が迫っていた。夕日の最後の一閃にせき立てられた二人は、一言も交わさぬまま山あいの小さな村へたどりついた。

迷路のように曲がりくねった小道の先にあったその村は、暗青色の小屋の群れだった。

到着の安堵はかき消えた。

ヴォーリズは息をつめた。

その鼻孔に容赦なく湿った藁や木炭や草むらの匂いが――魚や獣や糞尿のかすかな匂いが

忍び寄ってきた。

依村譲一はぬかるんだ道へ立つと息を吸い込み、何かを叫んだ。口は笑いの形にゆがんでいた。彼がもう一度声を上げるとあちこちで木戸の開く音がし、ぼさぼさ髪の子供らが走り出てきた。後から村人たちが。

驚いたことに、子らは、髪も目も肌も日本人とは違っていた。薄暗がりの中でさまざまな濃淡の頭髪が揺れ動き、依村と同じ小麦粉をはたいたように見える顔の、くぼんだ眼窩の中で、色の薄い目がこちらを窺っている。

合いの子。まさか――この子らの父は……

目の前が真っ暗になるような衝撃がきた。

依村譲一はヴォーリズを指差し、何かを喋った。意味はわからなかったがヴォーリズは事態を見てとり、放心状態の自己を叩き起こした。

ためらいが破られ、ワッとばかりに子供らが押し寄せ、息を飲む間もなく木炭に黒く染まった無数の手が、革鞄を、帽子を、上着を、ポケットの中身を急襲した。

やめろと叫んだかもしれない。獣そのもののような体熱と息づかい。恐怖がわき起こった。四方から押され、山歩きで疲労していた彼はよろめき、後ろから襟首をつかまれて転倒した。帽子と鞄が放り出され、肘と手のひらに痛みが走り、腹の上へ細い手足がのしかかって胸のポケットごとペンをもぎとった。もういい、もうたくさんだ。なんてことだ！　依村譲一の姿は子供らにさえぎられて見えなかった。なぜこんな目にあわせる。なぜここへ連れて来た。僕が一体何をしたというんだ。

立ち上がりざま夢中で小さな体を押しのけ、払いのけ、来た道を駆け戻ろうとしたとき、先の草むらの中へ、ユラユラと近づいてくるカンテラの灯が見えた。

「何しとるんだッ！」

脚半姿の二人の男だった。「やめんかコラッ！」

彼らが灯をかかげて走り寄るや、子供らは蜘蛛の子を散らすように逃げ去った。

村人たちは逃げなかった。起き上がったヴォーリズが髪を整え、上着の泥を力を込めて落としている間も、現れた男たちと何か盛んに話し合っていた。

「譲一！　譲一！」

名前は彼にも聞き取れた。続く日本語は、状況を説明しろ、というところか。全員が目をやった方向に少し離れて、風呂敷包みを下げた依村譲一が立っていた。

別人のような形相だった。まなじりは裂け、唇は引きむすばれ、眉間やほおには未だ激情が見てとれる。おそらくそこから微動だにせず、騒ぎを眺めていたのだろう。

胸を衝かれたのはヴォーリズだけではなかった。名を呼んだ脚半姿の男もまた、無言で彼を見ていたが、やがてカンテラを置き、若者の方へ近づいていった。背後には貧しい村が黒い怪物のようにうずくまっている。土や枯れ葉の匂いに混じってかすかな夕餉の匂いもする。

ヴォーリズは二人を見つめた。わけがわからない。相変わらず依村譲一は自分には目もくれない。このような食い違いは先々幾らでも生じるだろう。信念に燃え、祖国を捨てて来たはいいが、老いて死ぬまでこの国でやっていくことができるのだろうか。神を思い忍耐の限りをつくせば、成し遂げることは可能なのだろうか。神は自分を見そなわし給うのだろうか。使命を果たす力を授けて下さるのだろうか。

しばらくすると男はこちらを振り向き、来るように手招きした。依村の態度はつらかったが、無視されないことは単純にうれしかった。

そばへ行くと、意外にも依村はおそろしくぶっきらぼうではあるが荷物を男に預けるように云い、ためらうと、こいつらは依田庄からの使いだと告げて身をひるがえした。

「ど、どこへ!?」

「何でアメ公は皆のろまなんだ！」

「どこへ行く！」

「教会！」

「き、教会？」

「見たかったんだろ。だから来たんだろ？」

いや――仮にも教会があるとして、それがどういう状態かは、村の有様から容易に想像がつく。依田庄の者に荷物を預かってもらうまではいいが、何を今さら確かめに行く必要があろう。

断りの言葉はしかし口にはのぼらず、ヴォーリズはぬかるんだ道に足を取られながら青年の後を追った。

左右に並ぶ小屋の吹きさらしの窓からは、器のふれあう音と人の声が聞こえ、獣脂の明りがもれている。

そうだ、自分は教会を見たかったのだ。ホームシックなどといって萎えそうな心を叱咤するために。

ヴォーリズは鈍りがちな両足を懸命に動かした。あのとき茶屋で依村が教会のことを口にしなければ自分は下田に止まっていた筈である。それを敢えて決意したのは、教会という言葉に心を動かされたからに相違ない。

息が苦しくなってきた。前を行く背中を確かめ、あたりを見回す。

なんという侘しい村だ。不潔な生活環境だ。せめて何か少しでも――垣根や植え込みがあれば。せめてもっと白っぽい建材だったら。家と家の間隔がもう少し広かったら。……本当にこんなところに教会があって、福音を宣べ伝えているのだろうか。伝道者はいるのか？　いるとすればどこの国の人だろう。

依村が振り向いて自分を見、唐突にわき道へ入った。

左手には筵で囲った板塀が迫り、右手には、木地師の住みかなのだろう、腐って壊れた樽や棚や台所用具、枝の束や切り株が無造作に積まれている。道は相変わらずでこぼこで、ところどころ水がたまって光っている。

下駄の音が消えた。固い土を踏む足音の代わりにガサガサした葉ずれの音だけになった。いつのまにか、木立ちがあたりを囲み、生い茂った下草が膝丈の闇を成していた。

蛇が出るに違いないのに依村は頓着せず歩を進め、ヴォーリズも続く。茄子紺の着物はともすれば夜気にまぎれ、明るい茶色の髪も助けにはならず、ハッと目を凝らすこともしばしばだった。かてて加えて全身の疲労、云いようのないやるせなさ。心が散り散りになる。打ちのめされる。

やがて前方の林の中に黒い輪郭が姿を現した。

小作りの日本建築――近江八幡でも何度か見かけた典型的な社の形。樹上には満月がかかり、板葺屋根のへりが白く光っている。

「あれ」

依村が突き放すように云った。「依田南蛮寺」

ヴォーリズはひたいの汗をぬぐい、目を細め、落ちついた声で云った。

「逆光で見えないよ。ここに布教者が住んで――るわけないな。こんな様子じゃ」

依村は垂れ下がる蔓草を手刀で払って前進しはじめた。

裏へ回ると月光に照らされた建物がよく見えた。もともとは村の菩提寺だったものを安易に作り変えたにちがいない。いや、そもそもこれが本当にキリスト教会かどうかも怪しい。

「中にでっかい十字架があるぜ」

心を見透かしたように依村が云った。「拝むか？　あんたのお仲間が奉納したんだ」

「……アメリカ人かい」

「そうとも。信心深い領事館の役人が持ち込んだんだ。贖罪のためにな」

依村はニヤッとして壁を蹴り上げた。「どんな罪かは察しがつくだろ。その罪がどんなもんか」

ヴォーリズは捲っていた袖を下ろし、襟元のボタンをはめた。虫よけのためであり、神への敬意のためでもあった。

「あんた下田の茶屋で、黒髪でない者が見たいと云ったな。そういうことだ。この辺りにゃ俺みたいな合いの子がうようよいるんだ。皆、下田の赤地蔵に捨てられてたのを依田庄に拾われた不幸な境遇。依田の爺さんが親代わりだから日本人だと云ったんだ」

日本人のものではない、彫りの深い横顔が云った。「分かったろう。信じてる奴ほどたちが悪い。神だの仏だのってのは所詮そいつらがいいように利用するための道具だ。それだけのことだ」

「……」

「けどあんな十字架一つで済むと思ったら大間違いだぜ。そいつらの胤が殖えてこんなご大層な村になっちまったんだからな」

「……」

「試しに祈ってくれよ。え？　志はあるんだろう？　哀れなネズミどもを救いたまえ。人並みの暮らしと人並みのプライドを恵みたまえ。全知全能ならな！」

依村は短く笑い、押し黙った。

下草の中でヴォーリズの靴先が何かを踏み付けた。拾い上げると、それは土にまみれ緑青の生じた一尺ほどの青銅の十字架だった。屋根の上にあったものが大風で飛ばされたのだろう。

「一晩預かってもいいだろうか」

土を払いながらヴォーリズは云い、赤面した。布教者でもあるまいに。まともな信仰もないくせに。

月光を受けて十字架が光ると、縦と横の交わる部分に、ユリのつぼみが上を向いているような形があるのが見えた。

「おや、紋だ」

かれは思わず云った。「ユリは聖母マリアを表すんだ。これを作ったのはマリア信仰をした人だな」

「マリア？　まさか」

依村はもはや振り向きもせず、「ユリはこの寺の紋だよ。ずっと前から」

そしてすべての興味を失ったように、ガサガサと来た道を戻りはじめた。十字架の重みは心地よかった。傷ついた心を癒すに足りた。弱い風が吹いて、汗のひいた肌を夜気が包む。何か足りないような十分満ち足りたような、妙な気分だった。

元の場所へ戻ると、依田庄の男たちが荷物のわきで辛抱づよく待っていてくれた。自分の荷物をさげた依村はきびすを返し、「下田への戻り方も教えてくれる」

「……こいつらに付いていけばいい」

「き、君は?」

「俺はここ」

顎をしゃくり、「あんたは依田庄」

「僕だけが泊まるのか?」

「……」

「泊まれるように船着き場で手配してくれてたのかい?」

向けられた背中へヴォーリズは話しかけた。「ありがとう――きみは道に迷ったのかと声をかけてくれて、ちゃんと宿もとってくれた。主はご存じだよ。本当に――」

背中は止まりもせず振り返りもしなかった。

「明日また教会へ行くよ!」

云って溜め息をついた。もどかしかった。

えるかん、と男の一人が云った。Welcome――　その一言ばかりを習い覚えてきたのだろう、陽に灼けた顔に笑みを浮かべ、もう一度「えるかん」と云って荷物を肩へかつぎ、軽々と歩き出す。

ヴォーリズは道の彼方をながめたが、依村の姿はとうに闇に紛れ、黒々とした小屋と木立ちが連なるばかりだった。


「災難でしたな。……迎えの者が口々に申しておりましたが」

依田庄の当主は依田佐二平といい、十畳敷きの座敷の膳の前にくつろいで、ときおりのんびりと箸を口へ運びながら、「子供をけしかけるとは譲の字のしでかしそうなことですな。札入れを盗られずに済んだのが、ま、不幸中の幸い」

齢は還暦に近いものの、若々しい眼をしている。発音も若々しい。

到着直後の挨拶はフランス語だったが、ヴォーリズが客間へ通され、外の屋根付きの四角い風呂を使って座敷へ戻る頃には達者な英語になっていた。

話によると、若い時分は渡英もしたが、先代の跡目を継いでからは、フランスの最新式製糸工場を建設する夢を抱き、独学でフランス語を修め、フランス人技師による新工場を竣工したのだという。

膳の上には、鶏肉の蒸しものや鮎の塩焼き、天ぷらや煮もの、山菜の小鉢が、色鮮やかな器に盛られている。米から作る甘口の酒がきりりと冷やされ、掌に隠れてしまうほどの、小さな三角の杯に注がれる。注ぐのはえんじの着物の若女中だ。酒といっしょに流し目もくれる。見事な裾さばきでてきぱきと動く。

「……お聞きしたいのですが」

ヴォーリズはしかし、心楽しまなかった。「あなたが花街の捨て子を拾ってきては養っている、というのは本当ですか？　花街で生まれた合いの子が殖えて、あの村ができたというのは本当ですか。あの青年は自分もそうだと云ってましたが、それはみな領事館の、米国人が――」

「いやいや、違いますよ」

依田はかぶりを振った。

「彼の思い違いだ。あそこにはね、少し前まで密輸の要所があったのですよ」

相好をくずし、「このあたりの絹は質が良いのでね。外国にまで評判がたっておったのですが、鎖国とあっては取引もできんわけで、フランスの貿易会社が秘密裏に買い付け所を作って常駐の者を置いた。あの教会をつくって十字架を持ち込んだのは彼等ですよ」

「……」

「しかし開国すれば何の用もない村でしてね。三か月と経たぬ間に皆フランスへ引き払って荒れ放題になったところへ、地元の貧農が住みついた――その中に帰国した連中の落しだねを引き取った夫婦が幾人かおったわけですな」

そこから噂が立ち、合いの子は村に近い赤地蔵へ捨てれば村の者が拾って育ててくれる、という
うまことに身勝手な風説が広まった。

地主である依田は一時は憤慨したが、かといって見捨てることもできず、結局は資金を出して噂どおり村で子らを育てることにしたのだという。「ですから元凶はフランス人ということになりましょう」

「しかし……」

開国後、下田に米国総領事館が置かれた後の事情はちがう。父親の大半が米国出身者であるのは自明の理だ。

「ま、依村譲一もあの敵意さえなければ、もっと出世するんでしょうがね。五歳頃まで外国人居留地にいたので英語がうまいのですよ」

「捨て子じゃないんですか？　彼は」

たずねると、「七歳のときこちらへ来ました。それ以前は親がいたのです」

依村譲一の父親は、横浜に居留するアメリカの商社の駐在員で、下田の領事館を所用で訪れたとき芸者だった母に出会った。その後は書簡のやりとりが続き、譲一が生まれると母は横浜の父親をたずね、しばらくは三人でつつがなく暮らしたが、父親が帰国する段になって別れたのだという。下田へ戻った母はほどなく病を得て他界した。遺された譲一は仲間の芸妓らによ

って依田に引き渡され、依田は少年の英語を見込んで翌年には領事館へ奉公に出した。疎んじたわけではない。英語に習熟しておれば食いはぐれないと知っていたからだ。

「……赤地蔵といっても何の変哲もないのですわ。赤いよだれかけのお地蔵さんが祠に入っとられるだけなのですわ。これが」

依田は照れくさげに、「調べに行って拍子ぬけした次第で」

「そこへ捨てに来るんですか」

「夜更けにですな。翌朝には誰か通りますんでね。子は一時うちで預かって、育ててもいいという夫婦者を探して、三月に一度養い料を支給するんですわ」

「……」

「近ごろは数も減りましたがね。引き取り手を探すのにも一苦労で、大事に育ててないと知りながらそこへやることもあるくらいだ。子が少々すさむのもいたしかたありませんな」

何たることだろう。

福音をわずかでも知る者が罪をなし、知らぬ者がその尻ぬぐいをするとは。

「あの教会に布教者がおられたことはなかったのですね」

ヴォーリズはやっと云った。「この地に福音がもたらされたことは、今まで一度も」

「ええ。私の知るかぎりでは布教者はおられませんでした。以前は栄福寺とかいう寺だったそうで……その前となると記録も怪しいような具合でね」

依田は懐から藍染めの扇を出してあおぎながら、

「あの辺りは昔からよからぬ輩の吹き溜まりだったのですよ。子供の時分には迷い小路――あの入り口の蛇穴みたいな道ですが――あれより先へ行くなとよく云われたもんですよ」

「そうですか……」

「道自体は役人の目をくらますために作ったので、怪しいものではないのですが」

慣れぬ浴衣の袖を引き合わせたアメリカ人はため息をついた。そしてきっぱりと告げた。「明日もう一度あの教会へ行きます。中へ入ることは可能でしょうか」

依田はあおぐのを止め、欧米人そっくりに肩をすくめた。

「錠など下りてやしませんよ。……あなたは宣教師でもあられるのですか。英語教師と伺ったが」

「ちゃんとした宣教師ではありません。ＹＭＣＡから派遣されてはきましたが」

「いつごろ志を立てられたのです。気宇壮大ですな」

「壮大じゃありませんよ。大学時代、たまたま海外伝道者の講演を聞きに行って、一婦人の演説に打たれたんです。それだけです」

杯を口へ運ぶ。普段は決して口にしないのだが、特殊な状況と依田への気づかいが彼に杯を取らせた。

柔らかい甘い芳香が鼻へ抜け、全身が熱くなった。

酔うと箸運びにミスが出そうだ。眠くなりはしまいか。酔った状態で、箸で、この上品な魚がうまく食べられるかな。——

記憶の波はしかし、大波となって彼をさらった。

テイラー夫人の清らかな顔。未知の中国大陸へ伝道していくことへの気迫と情熱。主イエス・キリストへの追慕の念。人々への深い愛情。

聞くうちに演壇上の彼女の姿が白く浮き上がり、他のものは一切消失した。

瞬間、あざやかな男の声がしたのだ。

(お前はどうする?)

その数秒間の記憶は生涯消えないだろう。(お前はどうする?)

あの声、全身へ染みるようだったあざやかな一言——

我にかえったときには会場は万雷の拍手に包まれ、興奮して何かしゃべっている観客と司会者の声が耳を聾した。

演壇を下りる婦人の横顔を食い入るように眺めながら、何度も頬をぬぐわねばならなかった。涙は容易に止まらなかった。心の中で叫んだ自分を覚えていた。はい、僕も行かせて頂きます、聖旨(みむね)のままに、と——

その晩、宿舎近くのコーヒーショップでとっくりと考えて分かったことは、自分は人生の『目的』について今まで一度も考えたことがなかった、という事実だった。

ささやかな願いならある。愛する女性を得て信仰ある幸せな家庭を築くこと。人生を謳歌すること。謳歌？　小さなことでよいのだ。相応の家、日々の食事、窓から見える庭、子供の声、鳥のさえずり――

しかしこれは『目的』ではないと思う。

自分がなぜ生まれたか、その答えになるのが『目的』で、魂はすでにそれを知っているという。己れのみのささやかな楽しみのために生まれた者はいないという。

「……そうでしたか。講演にうたれて」

依田佐二平は口辺に笑みを浮かべる日本人独特の表情でこちらを見た。

「あなたもイエス様を信じておられる」

「……ええ」

「真実おわすと？」

「……え？」

「今もどこかにおられると、そう思われますか？」

米国人の犯した姦淫の罪が心をよぎった。

同時に信仰を通じて得たさまざまな喜びが心をよぎった。あの声――あのときの一瞬の、あの声――

「神の存在についてですか。物的証拠がないのでしかとは申せません」

だが初めに出たのはそんな言葉だった。

「気のせいかもしれません。おられるような気がするだけかも。しかし――私が欲しいとお願いして神が下さらなかったものはないのです」

依田は黙ったままだった。

「子供のころは体が弱くて悔しい思いをしたけれど、健康な体を下さいました。広い野原や森で遊びたいと願っていたら、家が引っ越してそれもかなえて下さった。大学で建築を学びたいと願えばそれも聞いて下さる。私にとって神とは――」

「あなたの専攻は建築ですか」

いきなり問われてヴォーリズは口をつぐんだ。胸にかすかな痛みを感じたがしっかりとうなずいてこう云った。

「建築でした。大学では設計を学びました。建物が好きだったので」

「ほう」

「とにかく僕にとって神とはそこにあなたがおられるのと同じくらい確実な存在で、おまけに願いを聞いて下さる」

「ほほう」

「もっともまだ富や名声を願ったことがないから、少しずるいけれど」

「正しい願いはかなえて下さる」

「そうです。強く祈り、骨身を惜しまぬのなら。そう教わりました」

依田はにっこりした。

「すばらしい。――であれば一つ祈って下さいませんかな」

「えっ……」

「あの村がよくなるように。子らが誇りを覚えるような村になるよう祈ってくだされ。いかがです」

ヴォーリズは絶句した。

「我ながら名案ですな。村を救うためです。ぜひ祈ってくだされ。これにまさる正しい祈りがありましょうや」


その晩、正座をしてみた。

いくらも経たぬうちに膝下が堪えがたい状態になり、ヴォーリズはけっきょく膝を立て、それを両腕でかかえる体勢で神との対話を試みた。

依村譲一と依田佐二平と、日に二度も同じことを云われたので無礼ながらお願い申し上げます。どうかあの村をよい村にして下さいますように。住む者が自己の出自を思いわずらうことのない――誇りに思えるような村に。ついては半日間お捧げします。できる限りあなたのなさることに協力いたします。どうかあの村が人もうらやむような村になって、子らがプライドを取り戻せますように——

そう力いっぱい祈って気が済むと、新米英語教師ウイリアム・メレル・ヴォーリズはのべられた布団へ大の字になり、あっという間に眠りに落ちた。

最後の意識で思ったことは、こんな大きな望みはムリだろう、ということだった。まずもって聞いたことがない。信仰というものは道徳的に人を変えていくことに本分があるのであって、ルルドの泉や聖痕、顕現などがしょっ中あるはずもなく、ましてや貧村が——花街の捨て子の村が、教会の教えなしに更生することなどありえない。仮に誰かがここで伝道を始めたとしても、信仰が村人の心に根付き、行いが正され、生活が清らかになるまでには何世代もの時を経ねばならないだろう。依田佐二平は神はないのだと思って生を終えるにちがいない。依村譲一もまた、神をあざ笑って生を終えるにちがいない。

眠りに落ちる最後の最後の意識で彼は思った。

イヤだな、そんなの。……主よ、はやく願いをかなえたまえ——

軽井沢教会の臨時宣教師トマス・W・メリングは落ち着かなげに午後のコーヒーを口へ運んだ。「まだ着かないのかね。何かあったのか？」

「汽車が遅れたのでしょうか」

夏の間だけやってくるミセス・ロターがレースの扇を動かす。「昼食は残念でしたこと」

ランチは最高に美味なコンソメスープにローストビーフだったのに。

――それにしても、昼までには、という約束が遅すぎるのではないだろうか。


朝。

弾かれるように目覚めたウイリアム・メレル・ヴォーリズは三秒間で自分の置かれた状況を思い出し、洗面、着替えの後に出された卵付きの米飯の朝食もそこそこに、荷物は置いたままタオルを引っかけ、小さな布袋ひとつで依田庄を出た。

するとそこへ昨日の道案内の男が通りかかり、「どこへ行く?」と話しかけくるので、教会というと、「何の用だ?」

「草。そうじ。少しだけ」

「掃除? 草の? 何ゆえそんなことをしなさる」

その後は聞きとれず、「しばし、しばし!」と男は走り去り、待っていると、二人分の小ぶりの鎌と竹筒の水入れを持って現れ、自分も行くという。ヴォーリズはあわてて断ったが、どうやら依田佐二平の指図らしく、けっきょく同行してもらうことになった。考えてみれば教会までの道すらおぼつかないのだ。

盛夏の太陽がさしこむ山林はむせかえるようで、二人をたちまち汗だくにした。峠を越え、村の入り口の迷路めいた小道へ入り、右に折れ左に折れしているうちに村へ出、昼の光の下にさらされた見るも無残な陋屋の列を通り過ぎる。その間にも昨日の子供だろうか、二、三人が手をのばして駆けよってくるのを男が追い払う。

幾つかの角を折れると突き当たりに木立ちと草むらが見え、板葺きの屋根が見え、立ち腐れた本堂が見えてきた。

男が戸を開けて上がりこむ。

中は真っ暗で下ろされた雨戸の輪郭線だけが強烈に輝いていたが、慣れてくると、道場のような板張りの床に、木の長椅子が三台、古いからびつが一基、正面の壁には長短の木材を組み合わせた巨大な十字架が掛かっているのが見えた。

ヴォーリズは布袋から磨いておいた青銅の十字架を出してからびつの上へ乗せ、膝を折って頭を垂れ、立ち上がると腕まくりをし、草刈りよりも切羽詰まっているこの堂内から取りかかることにし、手始めに雨戸をすべて開け放ち、持っていたタオルであちこちの壁や木枠をバタバタとはたき出した。びっくり顔で鼻と口を覆っている男には外へ出るよう伝え、はたき終わると竹筒の水をタオルへふりかけ、手ばやく壁を水拭きした。「フー、なんてホコリだ」

長椅子をならべ、からびつもまっすぐに置き、散らかった板の切れ端や落ち葉や枝はわしづかみにして外へ出、草むらの中へ捨てた。

見ると男は生真面目な顔で、堂のわきの草をせっせと刈りはじめていた。微笑がのぼる。一体どこの国の者に命じられもせず働き出す者がいるだろうか。

汗がひいて呼吸がおさまるにつれ、えもいえぬ歓喜が彼を包んだ。木も草も空も人も、風の音も、鳥や虫の声も、何と美しいのだろう。木洩れ日がまぶしく目を射る。甲高い山鳥の声。涼風。無心に草を刈る横顔。静けさ。梢の向こうにある抜けるような青空。

そうして不思議な感じに襲われるのだ。これは一体何だ。すべてのものが鮮やかな色彩を放つこの奇妙な心の状態は、どうにも説明のしようがない。誰に話しても信じてはもらえまい。何故ささやかな労働でこうも普段と違う感じ方になるのか――それは謎なのだ。子供のころから幾度となく教会奉仕をしていても謎のまま――物的証拠は何もないまま今に至る。

けれども昨晩依田にも語ったことだが、彼はつくづくと思うのだ。神を信じることで少しは公共のための労働が出来、わずかにせよ一棟の廃屋が美しくなり、自己満足か天の恵みかはともかく心の洗われるような気分になれるのなら、そちらの方が如何ばかり豊かな人生だろう、と。

足元の草間に平たい四角い石が並んでいるのが見え、ヴォーリズはそこから刈り込んでいくことにした。刈り進むと幅一間ほどの細い道が現れた。道は村の大通りへ向かっているらしかった。これはいい、と彼は思った。道があれば堂を見にくる人があるかもしれない。忘れられた教会が生き返るかもしれない。

「すみません」

ヴォーリズは肩で頬の汗をぬぐいながら、黙々と作業中の男に声をかけた。「私を手伝ってください。ここです」

男は顔を上げ、近づいてきた。

「道があります」

「ほう。本当だ。……したらば、ちょうどいい、これに沿っていきましょうや」

草を分けて前方へ進み、男はそこから先をものも言わずに刈りはじめた。大通りまでのなだらかなS字型の道が姿を現すまでには、それでもゆうに一刻はかかった。

成し遂げると二人は肩を叩きあって喜び、竹筒の水で喉をうるおし、現れた道の美しさをそれぞれの言葉で褒めたたえた。そして意気揚々と引き上げてきた。

太陽は天頂にあり、汗だくの二人を迎えた依田庄は大騒ぎで水風呂と昼食を整えたが、ヴォーリズはこれ以上遅れるわけにはゆかなかった。依田佐二平に面会して別れの挨拶を済ませると、一緒に汗を流した男の名も聞かぬまま、あわただしく松崎港を後にした。下田へ向かう船の舳先から炎天下の海をながめ、えんじの着物の若女中が急ぎこしらえてくれた握り飯を頬張りながら、来月を待たずして草に覆われてしまうであろう石の道と、二度と会うこともないであろう依村譲一の切れのいいアメリカ英語とを、彼は思った。


「草刈り?」

予定より大幅に遅れて到着した初対面の客人を、牧師トマス・W・メリングはおおげさな身振りと抱擁とで迎え入れたが、遅れた理由を聞いて驚いた。

「山の奥に教会があって？　そこの草刈り？」

「ええ、汗臭いでしょう。そのまま来たのでホコリだらけだし、よければ先にシャワーを使わせて下さいませんか」

青年は人懐っこく云い、牧師は二階のシャワールームへ案内しながら、「よく行かれましたね。主もお喜びでしょう」

「けれど建物が古くてどうにもなりませんでした。板葺き屋根の、ひさしの長い寺院建築ですが、壁もはりも内装もみなボロボロの上、窓にはガラスもない状態で――」

「それなら建て直しの資金を集めればいいのですよ」

牧師は云った。「あなたならできそうだ。それほど難しくないですよ。軽井沢でもある程度は集まりますが、一番の方法は一時帰国して熱心に寄付を呼びかけることです」

階段の途中で足を止めた青年の表情はういういしかった。「――僕にできるでしょうか。実は少しだけ考えていたのです」

「草刈りよりは容易でしょうね。設計に凝ったりする余裕はないでしょうが」

客室の前でもう一度青年は足を止め、ためらいがちに尋ねた。「ミスター・メリング、あなたはもし僕がその設計を請け負いたいと申し出たら、賛成されますか？」

今度は牧師が立ち止まる番だった。

彼はよれよれの服の見知らぬ相手を眺めた。

「これは何と。あなたは図面が引けるのですか」

「ええ……来日していなければ建築をやるつもりでした」

「なぜその夢をお捨てになったのです」

夢というほどのものではないと前置きしてから、ある海外伝道者の演説にうたれたのだと彼は語った。

「ではその山あいの教会に出会ったのは神のご計画です」

牧師は心から云った。「あなたが軽井沢へ来たこともね。大賛成ですよ、勿論あなたがなさるべきだ。それから我々のオファーにも応えて頂きたい。今まで誰にそれを頼めばいいのか、皆わからなかったものですから」

青年の顔が輝いた。

そしてふいに涙ぐみ、泣き笑いのような表情になって叫んだ。「ああ何て素晴らしいんだろう。あの村もよくなって、僕も建築にかかわれる――」

そのとおり、村はわずかずつではあるが変化を遂げつつあった。

自家製の絹がよく売れて利益の出た依田は、教会周囲の草刈り人夫を募り、当日には大勢がやってきた。彼等は報酬とは別に小さなアルミ製の十字架をもらい、石畳の道をながめ、ここの草を刈っていった外国人の話に花を咲かせたのだった。依田は当日教会を訪れ、いずれは屋根に取り付けるつもりで、捧げられてあった青銅の十字架を持ち帰った。つまるところ祈ってくれと頼んだ彼の心は真実であったのだ。

数年かかって教会が完成すると、驚くべきことに村はその維持のため、まとまりを見せはじめた。後年ヴォーリズが試験的に『九尺二間』と呼ばれる簡素な西洋住宅を建てると、それを手本に家をかまえる者があり、年を経るにつれ村は洋風の外観をそなえ、初めて下りた交付金で大規模な敷石工事がなされると、見違えるほど瀟洒な雰囲気を漂わせるようになった。そしてもう誰も村人を見下したりはしなくなった。

第二次大戦中に帰化し日本人となったヴォーリズは、晩年には目を患い、半盲の状態で長い療養生活を送ることになるが、死の前々年、病室を見舞った依村譲一との再会を果たす。

「目が見えないというから来た。直接会いたくない人物なんでね」

外国の商社で成功し紳士となった依村は見事な英語でそう伝え、周囲の度肝を抜いたという。ヴォーリズは大いに笑い、視力を失った幸運をその場で神に感謝したという。

今でも教会前の石畳は変わらない。

ヴォーリズの西洋建築は近江八幡と軽井沢を中心に日本の各地で見ることができる。しかし伊豆地方に洋風住宅が多く、それが松崎港にほど近い小さな村を模したものであることを知る者は少ない。

　仮にあなたが伊豆を訪れ、この村の探索を試みたとしても、おそらくそれは徒労に終わるだろう。曲がりくねった『迷い小路』は現在は個人の庭先に通じている上、車両の進入できる出入り口は一つしかなく、その一つは緊急用として平素は頑丈な鉄の扉で閉ざされているからだ。住民が普段用いるバス停からの遊歩道ですら、探すのは至難である。

　けれどもなお諦めない奇特な気概があなたにあり、もしも奇跡的に行き着いたときは、教会前の小径を探してユリの紋のある石碑を読んでほしい。

　ユリはマリア信仰を表すばかりでなくフランス王家の紋章であり、後に青銅の十字架の裏側から発見された複雑な大紋章は、十八世紀初頭、異端審問により五歳で行方不明となった南フランスはプロヴァンス地方の領主の息子、国王の遠戚にあたるジュール伯アンリの紋であった、とあなたは知るだろう。彼の一族は百年も昔にオランダを経て日本へ逃れ、長崎から北上してこの伊豆で生を終えたのだ、と。

　そうして住民の風貌の出所を思い、依田南蛮寺と石畳の真の建設者を思い、ヴォーリズの快哉を思ったとき、必ずやあなたは、排他的でプライドの高いその村を愛する気持ちになるであろう。

佳作

母子草

杜村眞理子

海は晴れていた。雲ひとつ無い空の青さを映して、輝いている。ときおり風が吹き、波頭が白く光る。だが沖は、鏡のように静かだ。

空と海の境はすっかり融けあって、じっと目をこらしても、見わけることができない。神津の淡い島影だけが、遠く浮かんでいる。

――さだかでなく遥かなあの境を越えたなら、恐ろしい流行病から逃げおおせるだろうか。

芙佐は重い心で、下田の外海に臨むお茶ヶ崎にひとり立ちつくし、水平線の彼方を見つめた。

麻疹という命定めの病がこの下田湊に流行り始めたのは十日程前、如月の末だ。未患の者に病人の咳が届けば必ず染り、妊婦が罹れば流産死産になる。麻疹の流行は二十年ほどに一度、麻疹に罹ったことのない者がその土地の半数を超えたころにやって来るという。この前に流行ったのは宝暦三年、今から二十三年前のことで、十八歳の芙佐は麻疹を病んでいない。嫁いで一年経たぬ腹には、五月の子が宿っている。

――この儘では子は流れてしまう、だが今なら間に合うやもしれぬ。医師は昨日、そう言った。屋敷の一間に隠って人との交わりを断ち、麻疹に罹らずに済ませた山国の妊婦の話が、江戸の医師仲間からの便りに認められてあったという。人の往来の少ない離島や山奥には麻疹が流行ったことすらない村がある、とも話していた。

――湊は未患の者が次々に入るから、麻疹も半年では治まらぬだろう。さりとてその身で船に揺られ、離島へ渡る事は叶わぬ。しかし、無事に子を産むまで霜田家の広い屋敷の奥に隠れば、きっと病を避けられる。生まれて一年経たぬ赤子は不思議と罹らぬから、出産までの辛抱だ。是非そうしなされ――長崎帰りの若い医師は熱心に言い続けた。夫が奨めてくれた名医である。

だが霜田の家は、武家とはいえ廻船問屋だ。人が忙しく出入りする。初産の妊婦でも、嫁が奥に隠る我儘など許されない。湊に流行る病を学んでいるという医師の助言を受け、夫の孝太郎は、難しい顔をした。それから、麻疹に罹って子は流れても母親は必ず助かるか、と尋ねた。若く丈夫な芙佐のことゆえ、肺や心の臓に余病を発しなければ助かると、医師は請合った。

――おまえさえ生きていてくれるなら私は幸せだ。子はまた授かる。悲しいが此度は諦めよう。

医家の門を黙ったまま出た孝太郎は、屋敷の先にある了仙寺も行きすぎてから立ち止まり、芙佐をじっと見て、喉から押しだすように囁いた。考え抜いた様子だった。夫らしい思いやりの滲んだ声音でもあった。厳格だが慈愛に満ちた両親に育てられた孝太郎は、思った事を裏表なく口にする誠実な人だ。妻に向かっておまえがいれば幸せと言ってくれる夫は少なかろう。

――どうしても諦めねばならぬだろうか……。

岬の風に吹かれながら、芙佐は脹らみ始めた腹にそっと手をやった。中秋の月の頃には生まれると言われた子だ。諦めれば、この子は秋の海も見られない。それはあまりに酷い。

芙佐は目を伏せた。足許の岩に、黄色い花が咲いていた。茎と葉を白い綿毛におおわれた、母子草。毎年、加納にある実家の庭の一角を、黄に染めた花だ。吐き気を止め熱を除く薬だと、祖母から教えられた。亡き母に代わって、芙佐を育ててくれた祖母であった。

群れて咲く花が、このような断崖にたった一本、吹き上げる海風に揺られているのは、どんな鳥のいたずらか……思わずのばした指先に細い綿毛が触れた。芙佐は我にかえった。

——手折ってはいけない、どのような命でも。

芙佐は唇を噛み、城山の坂を下った。小さな黄いろの花影は、同心町の屋敷に帰りつくまで消えずに、瞼のなかで揺れつづけた。


「湯治に行かせていただきとうございます」

夜四つを過ぎて、夫は漸く表の用を済ませて奥へきた。二人きりで向き合い、芙佐は古畳に両手をついた。頭をさげ、夫の声を待つ。

「急にあらたまって、どうしたというのだ」

「ただ数日の湯治ではございませぬ。麻疹の止むまでこの子と逃げ続けたいと存じます」

芙佐は屋敷へ戻ってからも思案を重ね、子を産むにはこの道しかないと思いつめていた。

天城より南の伊豆は、村と村とが幾重もの山並みに隔てられ、幾つもの峠を越えねば行き来ができない。ことに海に向かって開けた浦里は、船のほうがまだ便の良い、離島のようなものだった。人の出入りも少なく、その昔は高貴な都人の流刑地とされ、加納辺りには都風の地名や物言いも残っているほどである。麻疹も、容易には隣の村へ入れない。峠さえ越えれば、船に揺られずとも流行病から逃げおおせるやもしれぬ。芙佐は言葉を尽くして、夫にそう願った。

「この子というのは……、腹の子か」

夫の顔に、戸惑いが浮かんだ。生まれぬ先の子にはまだ実感が持てぬのかと見える。ならば子を守るのは、母である我が身しかない。

「はい。家にいて人を避けるなど、出来ぬ相談でございます。希江(きえ)さんが病まれても看病すらできぬのなら、いっそ、身勝手な嫁として、遊山(ゆさん)に出していただきたいのでございます」

霜田の家族では、芙佐の他には十六歳の義妹だけが、麻疹に罹っていない。麻疹を病むのは一生一度だが、ひとたび流行れば感染力は強く、未患の者が病から逃れるのは難しい、と医師は言った。夫の孝太郎は二十五歳で、二歳の頃に罹り、一命をとりとめていた。

「希江か……」と呟いて、夫は案じ顔になった。利発だが勝気な義妹である。兄から九年目に生まれた上に病弱で、真綿ぐるみで若い乳母に育てられたが、乳飲み子の時から疳が強く、母が兄を構っていると、必ず泣いて呼び寄せる子であったという。加納に近い逢ノ浜(おうのはま)をただ一度家族で訪れた折に、芙佐を見初めたのは希江であった。磯物採りが上手く出来ずに怪我をした希江は、若者に互して生き生きと貝を採っていた芙佐の優しい手当てに触れ、さらに貝採りも教えられて獲物をあげ、上機嫌になった。そしてこの人をぜひ姉にと両親に願い、兄にも強く奨めたのである。嫁いできた後も芙佐に纏(まと)わり、兄すら邪魔にする程だったが、芙佐が妊ると、言動に棘を含むようになっていた。芙佐ひとりの遊山にも賛同すまい。

一方で、湯治遊山へ出ることにも、大きな問題があった。下田の廻船問屋には二系統ある。

ひとつは近年上方から来た商人で、いまひとつは寛永の昔に遠見番所が船改の御番所となった折、下田奉行配下の同心の隠居が取り立てられたものである。安永の今では、御番所は浦賀へ移り、武家の印形問屋は交代で浦賀まで通う許しを得た。下田でも流人船や不審船を扱って忙しいが、さして大きな収入はない。商人の問屋が伊豆石や木材、炭の輸送販売で身代を大きくしているのとは異なり、霜田家のような武家の問屋の暮らしぶりは、奥向きの畳替えも毎年はしないほどで、嫁の遊山などに馴染むものではない。加納の実家が手広く廻船も営む芙佐には、身に沁みて解っていることだった。それを承知での無理な頼みであった。

「まず、蓮台寺の温泉まで行くことをお許しいただきとうございます。その後は私ひとりの我儘ということで、麻疹が下田を去るまで、この土地を離れていたいのでございます」

　下田は風待ち湊である。上方と江戸の間で要衝にあたり、年に幾千もの船が、錨を下ろす。人の多く出入りする港町で、一度流行った麻疹が治まるには、かなりの時を要するという。芙佐が子を産むまで、まだ五月ほどあった。その間ずっと奥に隠るのは、できない相談だ。

「身重の身で、ひとり、五月も逃げ続けるというのか」

腕組みをして芙佐の言葉に耳を傾けていた夫が、ぽつりと呟いた。芙佐は微笑んだ。

「ひとりではございませぬ。この子とふたりですもの」

芙佐にとって腹の子は、すでに、ひとりの人であった。今朝、城山を下りながら、そう思うようになっていた。

「それでも身を守るのはひとり、先のことが案じられるが……、わかった。母上に頼もう。父上には母上から取りなして貰うのがよい」

母も子を産んだ経験がある、芙佐の具合が勝れぬと言えばきっと許してくれる、夫はそう言った。母をたて、嫁である妻の立場を少しでも守ろうという配慮に、芙佐の眼から涙が零れた。

――ふたりではなかった……夫の心と、お腹の子と、三人で行くのだから、病から逃れる旅がどんな辛い日々になっても耐えてゆける、芙佐はそう思った。

蓮台寺は、川沿いに宿の建並ぶ、山間の静かな温泉地である。

駕籠を用意しようという夫の好意を辞退して、芙佐は供の小女ひとりを連れ、下田から稲生沢川に沿って、一里半の道を歩いてきた。

下田を発って一刻の後、立野に近づくと、川の両側に緑の山並みが迫り、景色の似た故郷の加納が思われ、芙佐の胸は懐かしさに躍った。ひとまず麻疹から逃れ得たという安堵も湧いた。だが、宿へ着き、川に面した二階の小部屋に旅装を解くと、芙佐の胸を痛みが刺した。

義父はもとより義母にさえ、麻疹から逃れるためとは伝えていない。言えばいつ戻るかわからぬことになる。ゆっくり相談して、という暇もなかった。ただ加減が悪いと言う嫁の身をいたわり、嫌な顔ひとつ見せずに路銀を出し、奥働きの小女まで付けてくれた義父母を、夫との相談ずくとはいえ、騙したことになる。そのことも辛く、また、後にそれが知れたときのことを思うと、心が重い。見送る義父母の後ろに立って唇を噛み、射るような視線をなげかけていた希江の、深く顰（ひそ）めた眉根も、忘れられない。

「あれ、あそこに子鹿が……」

窓の外へ眼をやると、小女の指さす先、川向こうの山裾に可愛い鹿の姿があった。水を飲みに来たのか、小女のはしゃいだ声に驚いた様子で、子鹿は大きな瞳を見開いて身じろぎもしない。掌で小女の声を制して見るうちに、母らしい鹿がゆっくりと前に出て、子の姿を隠した。やがて子鹿の白い尻尾が山の茂みに消えると、母鹿はさっと身を翻し、子の後を追っていった。

「……可愛いものでございますね」

下田も山近い土地ながら、碁盤の目のように整えられた湊町では、鹿を見ることなどめったにない。まだ十四歳の小女は、自らの声で母子の鹿を脅かしたことなど毛ほども気づかぬ様子で、無邪気に眼を輝かせている。芙佐は、叱責しかけた口を閉じた。いつになく苛立っている。

「疲れたから横になります。私のことは構わずに、せっかくだからお湯に入っておいで」

身重の間、温泉は日に一度に控え、麻疹の兆しが出たらすぐ下田へ戻ってくるように、と若い医師は言っていた。麻疹に罹れば、まず熱と共に咳や鼻水が出、眼が赤らむ。熱は一度下がり、口中の粘膜に白砂に似た細かい斑点が出、それから一両日の内に、髪の生え際や耳の辺りから赤い発疹が拡がりはじめる。四肢まで一面真っ赤にもなる発疹も麻疹独特のものだが、口中に白い斑点の出たところで、麻疹と考えて良い。感染してから概ね十日、ないしは半月で、その症状に至るという。

身重の五体は常にだるく、熱も定かでない。日毎（ひごと）に白斑に気を配るしかない、と思われた。芙佐は小女を内湯へやると、手鏡を磨いて窓辺に寄り、陽の光を当てて口中を丹念に見た。白い斑はまだ無い。ほっ、と息が漏れた。

下田を離れても、病が息を潜めているかもしれぬ半月の間は、心して見ねばならない。湯に入るのも控えよう、と、芙佐は思った。身の疲れることは、すこしでも避けたい。

そのかわり、晴れた日は川辺の小道をよく歩いた。河原に湧いた湯に、白い鷺がのんびりと片足を浸していたりする。それを見ると芙佐の心も和むのだが、鷺は川に移るとすぐに小魚をついばむから、油断がならなかった。どんな小さな命が失われることも、今は心に響く。夕餉の膳につく好物の川魚さえ、腹の子の滋養と思わねば、箸をつけるのが躊躇（ためら）われた。

蓮台寺へ来て十日、弥生（やよい）も半ばを過ぎた。下田の麻疹が治まればすぐ、夫から知らせの来ることになっているが、それは、まだない。

芙佐はとうとう、加納の実家へ文（ふみ）をやった。麻疹から逃れつづける心づもりを認（したた）め、逗留が長くなったための入用を無心する文であった。

五日の後に、その金子（きんす）を届けに来てくれたのは、幼なじみの良太（りょうた）であった。

海に近い伊豆の子は、男も女も水と親しい。春には磯へ出て、白い波飛沫（なみしぶき）に笑い興じながら、汁の実になる磯物を採った。その磯遊びで、六つ年上の良太はお転婆（てんば）な芙佐のお目付役だった。

加納から一里と離れぬ逢之浜の隣、弓ヶ浜に住まう父親が、実家出入りの漁師だったのである。

潮風と海の陽に焼けた逞しい身体をこわばらせ、良太は、厳しい顔で宿の土間に立っていた。

「すぐに身支度をしろ。俺と逃げるんだ」

「逃げるって……」

どこへ、何故……、怪訝な想いで聞きかけた芙佐を遮って、良太が言葉を継いだ。

「そこの別れ路で、下田へ急ぐ駕籠に会った。麻疹に罹った病人を乗せていったそうだ」

「えっ」

芙佐は息を呑んだ。背後で、物音がした。振り向くと小女が立っていた。青ざめた顔で細い眼を見開き、良太を見つめている。

良太の声が言った。

「あんた、霜田の人か。芙佐さんを加納の家まで送り届けるんだ。すぐ一緒に来てくれ」

有無を言わせぬ口調の強さに突き動かされ、とるものもとりあえず勘定だけ済ませると、芙佐と小女は慌ただしく宿を出た。

良太は先に立って、ずんずんと歩いてゆく。川を遡る道だ。下田街道とは逆の方向になる。山にはいる道のとば口まで来て、ようやく良太が振り返った。

「これからは山道をゆく。途中の大賀茂にも青市にも、まだ麻疹は出ていない。もちろん上賀茂、下賀茂にもだ。病からは安全な道だ。幾つも山を越えるのはきついだろうが、がまんしてくれ」

できる限り俺が背負うからと言って、良太は地面に片膝をつき、広い背中をさし出した。

芙佐は頭を振った。子供の時のように、年長の良太に甘えるわけにはゆかない。小女の目もある。夫以外の男に触れるのは躊躇われた。

「歩けます。でも、なるたけゆっくり……」

芙佐の言葉に、良太は頷きながら笑った。

「変わらないな」

幼い頃のことを言われているのだとわかって、芙佐の心に、淡い懐かしさがひろがった。

逢ノ浜の磯で、巻き貝の付いた小岩をひっくり返すのを、女の子は皆、男の子に頼んでいた。だが芙佐は人の手を患わせるのが嫌で、自らの腕でと重い岩に挑み、ときには潮だまりへ尻餅をついて、良太に笑われたりしたものだ。

「あの頃みたいに気を強く持てば、大丈夫だ。麻疹の神様だって尻に帆掛けて逃げてゆくさ」

流行病(はやりやまい)は病気神(びょうきがみ)のいたずらと思われている。疱瘡除(ほうそうよ)けの赤い守り絵や人形が病児の間で使い回され、昔風の医師が、患者の唾も乾かぬ手で次々に人に触れて、かえって病を運んだりしているという。若い医師から言われるまで、芙佐もそれらのことを当たり前と思っていた。

だが、いまの芙佐にとって、麻疹(はしか)は神様の理不尽な悪戯(いたずら)ではない。正しい知識をもってあたれば避けうる病なのだ、と信じている。

伊豆の山々は奥深く、道は険しい。良太が先を行き、小女に後から見守られて、芙佐は一足ずつ踏みしめながら、前に進んだ。急な坂では良太が手を差し伸べてくれたが、芙佐は出来るかぎり、縋らずに歩くことを望んだ。腰に結んだ麻縄を掴んで歩けと言われたのも固辞した。

もとより山越えが初めてというわけではない。加納は青野川沿いに肥沃な田畑すらある土地だから、峡谷の村々ほどのことはないが、下田へ嫁いだときも、四里の間に幾つもの峠を越えた。里近くの山へは、山菜や茸採りに登ったこともある。ただ、身重の今は段差を越えるにも適当な枝や岩に手を掛けねばならず、良太がそれを教えてくれることが、心底ありがたかった。苔むした木の根に僅かでも足を滑らせれば、後ろの小女が大事のように仰天して叫び、腰に手を添え押し上げてくれる。それも心強い。

「ひと休みするか」

良太が声を掛けてくれる水辺には、必ずといってよいほど可憐な花が咲いていた。芙佐の花好きを覚えていてくれるのかと思われた。

清流に降った星々のような黄金色の立金花の花群に、疲れた眼を覚まされ、片栗の可憐な赤紫に、白斑を怖れ怯える心を一時忘れた。山中の花々に癒されながら、芙佐は麻疹から一刻も早く遠ざかろうと、山道を急いだ。

大賀茂を経た道は、やがて青市の里へ出た。

「あれまあ、子安神社ですって」

小女が明るい声をあげた。見れば、石塔に床しい名が刻まれている。日溜まりの石段に腰を下ろして憩うていたらしい老女が、芙佐の腹に眼を見張った。

「その身体で、どこから来なすったかね」

「蓮台寺から、峠を越えて参りました」

「よく、まあ無事で……、有難いことじゃ。さぁさ、この古墓に参ってやってくだされ」

苔むした、小さな石墓であった。慶長の昔、遠流の姫が許されて都へ戻る折、身辺を世話していたお安という侍女が、身重ゆえに里へ残ることになった。なごりを惜しんで見送った帰り道、険しい山道に耐えられず、山中の峠で俄に産気づいたお安は、手当の甲斐もなく、腹の子共々命を落としたのだという。

いにしえの言い伝えを昨日のことのように語る老婆の言葉に、芙佐は目眩をおぼえた。血の気が引き、立っているのがやっとだ。芙佐は瞼を閉じた。お安の無念が我が身の不安に迫ってきた。何か言わねばならぬと思うのに、唇が震える。と、良太の明るい声がした。

「それならば、ぜひ拝ませてもらうといい。この峠を越えてこられたのも、きっとお安という人の魂が守ってくれたんだろう。無事に赤子を産めるように、俺からもよく頼もう」

励まされて眼を開くと、良太は墓前にぬかずいて、無骨な手を合わせていた。口中で何事か呟きながら、長く頭を垂れている。その背に縋る想いで、芙佐も跪いて両手を合わせた。

芙佐は弱い心を恥じた。山中で手が痺れるほど冷たい流れの中にあっても、すっくと立って見事に花を咲かせる立金花（りゅうきんか）を、今しがた奥の沢で見てきたばかりではないか。花でさえ、あの冷たさの中で子を残すのに、母になる者が、山道などに負けてなるものか。

「もう、だいじょうぶです」

芙佐が声をかけると、良太は立って、こちらを振り向いた。そして微笑みかけ、老婆に頭を下げ、黙って歩き始めた。

青市からは山麓の道になる。川沿いに出ると程なく、加納の里がひらけて見えた。

手前の川辺には、懐かしい白い煙が幾筋も立ちのぼっている。温泉の湯気と、豊かな湯量の塩泉を煮詰めて、塩を取る煙だ。

その煙の奥に、屋敷林を背に控えた実家の甍が高く連なって見えた。黒い瓦はしっとりと濡れたように輝き、晩春の日射しが漆喰の壁を乳色に染めている。幼い頃から馴染んできた柔らかな色調に、芙佐の心が、ほっ、と温（ぬく）もった。後ろの小女を振り返るゆとりも出た。小女は、初めて見るらしい書院造りの屋敷に、すっかり見惚れているようだ。

「俺が先にお屋敷へ行って事情を話しておく。芙佐さんたちは、ゆっくり来ればいい」

駆けだした良太の背に、芙佐は胸の内で手を合わせた。村一番の素封家、名主吉右衛門（きちえもん）の娘が突然に家へ戻れば、日々何事もなく穏やかに過ぎる里に、どんな噂が走るか知れなかった。だが、先触れがあれば、その心配もいくらか薄らぐ。

擦りきれかけた草鞋の裏に故郷の道を感じながら、芙佐は深い安らぎをおぼえていた。

加納の毎日は、立ちのぼる温泉の湯気のように、ゆったりと流れた。湯の効き目は蓮台寺に劣らぬものの、下田から幾山波（いくやまなみ）を隔てた加納までは、訪れる湯治遊山の客も少ない。ということは、流行病（はやりやまい）も容易には運び込まれぬことになる。川下（かわしも）の弓ヶ浜は遠浅、隣りあった逢ノ浜も、磯と大石小石の密やかな浜で、下田のように人の多い船の出入りもなかった。

蓮台寺から移ってきて二十日が過ぎると、白斑のことも案じずに済むようになった。卯月（うづき）も半ばである。庭の母子草は、祖母の居たころと変わりなく、黄をちりばめた白緑いろの毛氈のように、日当たりのよい池の辺（ほとり）を、柔らかく覆っている。広すぎるような母屋には、病がちな父と、まだ十五歳ながら父の代わりに寄り合いにも出るとて見違えるほど成長した弟が、静かに暮らしていたが、その南端に、芙佐は一間（ひとま）をもらった。陽のあるうちは、池を臨む縁廊下に座り、芙佐は飽（あ）かずに庭を眺めて過ごした。祖母が逝ってから使用人の数も減らした家のなかは、無人かと思われるほど、しんと静まっている。霜田の家から来てくれた小女は、加納に来て三日目に、下田へ帰してしまった。だが、こんなに長閑（のどか）な暮らしが続くなら、あのまま置いて、骨休めをさせてやればよかったかと思われる。年若い小女は素直だが気がまわらず、霜田家では叱られることが多かったのである。

時には希江から、平手で打たれることすらあった。小間物の片づけ方からものの言い方まで、希江が言いつけたとおりにしないというのだが、何事にも敏く、すべてが思い通りに運ばねば気の済まない希江の満足するように振舞うのは、なかなかに難しい。霜田家の人々はどうしているかと考える折が増えたのも、麻疹から遠のいている心の余裕かもしれなかった。

　義父母と夫に宛てた文の返事もまだ無いが、まさか小女が渡し忘れることまではあるまい、と芙佐は思った。帰りの山道も、下田の町はずれまでは良太が送ってやってくれたから、小女は無事に霜田家へ着いたはずである。

「母子草で草餅でもお作りしましょうか」

　いつ来たのか、縁の下手に、弟の乳母女が膝をついていた。弟が十五だから、もう四十歳になろうか。弟の産褥で亡くなった母の代わりに、祖母の手足となって弟を育て、海で夫と息子を亡くしたいまは、吉右衛門の離れで暮らしている女だ。芙佐の幼い頃、縁先に座った祖母が見守る庭で、芙佐と一緒に母子草を摘み、擂り鉢であたって餅にしてくれたのもこの女である。

　江戸でも上方でも今は蓬草を用いて草餅にするときくが、ここでは母子草を用いる。政の中心が鎌倉にあったころまでは、国中の何処でもそうしていたし、薬効も勝れている。綿毛すら天然の繋ぎになるのだから、「母と子を擂る」などの語呂合わせに惑わされて忌むことはない、というのが祖母の弁であった。

　それでも、いまの芙佐には些細なことも気にかかる。躊躇う理由をそれと察したのか、乳母は芙佐の端近に座り、膝をすすめた。

「お祖母さまのように、お心を強くお持ちください。母親になるということは、そういうことでございます」

乳母の黒い瞳が、凜(りん)として芙佐を見ていた。

「母になることが、怖くなったことはないのですか。……私は、屡々(しばしば)心が揺れるのです」

しばらくの間があって、乳母が微笑んだ。

「もちろん、ございますとも。まだ子に逢わぬうちは、様々なことを考えます。楽しい事もあれば、恐ろしいと思うこともございます。そして生まれた子の顔を見ると、すべて忘れます。けれど、母になった者は、その時からまた思い悩むのです。どんなに疲れてしまっても、母であることは、誰も代わってくれぬのですもの……」

「それで、辛いとは思われぬのでしょうか」

「いいえ、思いました。夜更までむずかる子の隣で、あやすうちに眠ってしまい、はっとしたことも、幾度となくございます。でも、私(わたくし)も、おなじようにして育てられたのです。生きて育ってくれれば良い、そう思って乳をやり、襁褓(むつき)を替え、そうするうちに、子の方が大きくなってくれました……。いまはただ、お子を産むことだけ、お考えくださいまし。先のことも前のことも、思い悩まれますな」

さあ、草摘みを致しましょう、そう言って、乳母は庭へ降りた。

懐かしい香りに蒸しあがった草餅を重箱に並べていると、裏門の方で弟の弾む声がした。

「よいところへ来られた。いま、姉と乳母が草餅をつくったところです。お好きでしたでしょう。きょうは上がっていただきますよ」

その誘いを固辞する声は、良太だ。加納に来てから幾日かに一度、芙佐と腹の子のためにと、活きの良い魚や貝を届けてくれる。何時もこっそり来て、飯炊きの老婆に手渡し、引きとめる間もなく帰ってしまうという。だが、今日は弟に見つかったらしい。手を引き背中を押されて座敷に現れた良太は、手足の汚れを気にしながら、顔を赤らめている。

「とうとう捕まえました。姉様も御礼を申されたいでしょう」

「捕まえたなんて、失礼な……」

芙佐が笑うと、男たちも、子どものように声をあげて笑った。

「いや、良い匂いにうっかり引き寄せられて、もたもたしているうちに召し捕られました」

良太は、酒を嗜まない。根っからの甘党だ。草餅の匂いにつられたという冗談が、いかにも本当らしく聞こえる。

「きょうあたり、きっとお見えくださると思って、良太さんの分を詰めていたのです。お見えにならなければ、お宅まで弟に届けさせるところでした」

「ひゃっ、それは大変だ。届けて頂くようなお宅じゃねえから」

屋敷の中で改まっていた口調が、ようやくほぐれ、それからは親しい語らいになった。

「親父さんの具合はいかがですか」

弟の話では、良太の父親は半月ほど前から腰を痛めて漁に出ていないという。母親はすでに亡く、父ひとり息子ひとりの家である。

「看病はどなたがなさって」

芙佐が案じるのを、良太は手を振って遮った。

「いや、もう大分良いんで。家の中のことは親父がやってます。俺が捕ってくる魚にあれこれ文句をつける元気まで出やがって」

良太の父親は一徹者だ。渋い顔で息子を半人前扱いする様が目に浮かぶ。弟も相好を崩した。

「ならば良かった。ひとりの漁は大変だろうと、姉様と心配していたんです」

「それは申し訳ないことで」

「いや、姉様が心配したのは、たぶん、届けていただく魚のことですよ。なにしろ、姉様は昔から、猫跨ぎだから」

頬を染めて怒る芙佐の様子が可笑しいと言って、男たちはまた、弾けるように笑った。

たしかに、芙佐は魚が大の好物だ。婚家では半身すら、常の女の膳には付かないが、実家では新鮮な尾頭つきが毎日の食膳にのぼる。猫跨ぎとは、身の一片も残さず食べてしまうので、骨ばかりの皿に怒った猫が、つんと横を向き、腹いせにわざと皿を跨いで見せる程の魚好きをいう。芙佐の食べた魚の骨は、猫さえ魚と気づかぬかも知れぬ、いや、微かな匂いくらい残るのではないかと言って、男ふたりで腹を抱え、いつまでも笑いあっている。

実際、加納へ来てから、芙佐は肥えた。子を宿しているためばかりではない。霜田の家では義母が自ら飯をよそうのだが、飯篦（めしべら）を縦に使うので、飯椀のなかには幾筋もの飯の列ができる。小女の言うには、篦（へら）を平らにしたときの半分ほどの量だという。それだけ台所も切りつめているということで、嫁の芙佐はお代わりを言い出すこともならず、常に小腹を空かせていた。武家の食事というのはそういうものだと聴かされていて、さして不満にも思わなかったが、腹に子が宿ってからは、悪阻（つわり）で食が進まぬのを幸いと思いながらも、いささか辛かった。加納へ来てようやく落ち着き、身に沁みてそう思ったのではあるが。

芙佐の調えた草餅の重箱と、膏薬やら晒し布など父親への見舞いの品を携えて、良太が帰ってしまうと、広い母屋は灯が消えたようにしんと静まった。

「子を産みなさっても、このまま加納に残られれば良いに……」

弟が、ぽつりと言った。

「姉様なら身分の何のと堅苦しいことは思わずに、良太兄と夫婦（めおと）になられるかと思った」

声に真実（まこと）が隠（こも）っていた。弟は幼いころから良太が大好きで、浜でも加納でも姿を見かけると駆け寄って、後をついてまわっていたのだった。

「なにを申されます。良太さんにも、すぐにお嫁様が来られますよ。ご迷惑でしょう」

笑って受け流したつもりの声が、わずかにうわずって響いた。

「いえ。あの人は、嫁取りをしないと思いますよ。だって……」

その先を言いよどんで、弟は、ついと座を立った。

芙佐は息をついた。だが、恨めしげにこちらを睨んだ弟の眼が、まだ座敷に残っている気がする。芙佐は、ぎゅっ、と瞼を閉じた。


良太が吉右衛門の表に駆け込んできたのは、さらに一月程経った、皐月半ばの朝であった。とりつぎを受けた弟と芙佐が出てみると、玄関の式台に手を突いて、良太は逞しい肩を喘がせていた。駆け通しに駆けて来たらしい。水を持たせようと芙佐が言うのを手振りで断り、取次ぎの爺が長屋門へ戻るのを見届けたとたんに、良太が口を開いた。

「麻疹が、出た。加納にも、出た……」

先に出たのは弓ヶ浜で、良太は毎日、加納まで様子を見に来ていたらしい。良太自身は生後一年で患ったというから、感染の懸念はない。すべては芙佐のためだ。

「すぐに逃げよう」

「だって、どこへ……」

目の前が白くなった。考えが、纏まらない。

「長津呂は、未だだそうだ。ほかの小さな浦は様子が知れないから、山越えだが長津呂が良いと思う。今、確かだとわかっているところは、そこしかないんだ」

芙佐は迷わず頷いた。だが、一緒に行ってもらうわけにはゆかない、と思った。一昨日の弟の言葉が気にかかっていた。良太の好意に、甘えすぎてはいけない。霜田の嫁になった女に、その資格はない。第一、漁師が海に出なければ、稼ぎは無いのだ。良太はいままでにも、充分すぎる刻をさいてくれていた。

「わかりました。長津呂には幸ちゃんが居ます。いま発てば、陽のあるうちに向こうへ着けるでしょう。知らせてくれて、ほんとにありがとう。これからすぐ支度をしますから……」

口調をあらためて帰ってくれと言う芙佐の素振りに、良太が気色ばんだ。

「まさか、ひとりで行く気じゃあるまいな」

深く息を吸って、芙佐は気持ちを張った。

「もちろん、ひとりで参ります。弟は父の傍に居てもらわねばなりませんし、良太さんにも、お父様のお世話と漁があります。長津呂への峠道は、よく人も通うときいています。女ひとりで通れぬ道ではないそうですから」

いったん決めたら、めったなことでは心を動かさない。幼い頃から変わらぬ芙佐の性情を、良太はよく知っている。だからだろうか、寺の山門に立つ仁王のように怖い眼で芙佐を見つめたものの、何も言わずに、くるりと背を向けて、土間を出て行った。

「姉様、ほんとうに、良いのですか。止めて頼むなら、今しかありませんよ」

「良いのよ、これで、いいの。私と、私の子だもの。私、もうすぐ母親になるのよ」

姉の言葉には逆らえぬ弟である。病弱な父を残すことは、弟にしても案じられるはずだ。

部屋へ戻ってから、「夫の子」という言葉の出なかったことに気づいた。下田を発ったきり孝太郎からの便りの無いまま、三月（みつき）が過ぎていた。芙佐は頭を振ると、腹帯の上から晒を巻き、手早く身支度をし、言葉通りに、ひとりで屋敷を後にした。

長津呂まで一里半の山道は、並の脚なら一刻（いっとき）ほどで越えるというが、妊婦には険しい起伏と聴いた。人通りがあるといっても、商売の荷は浦を結ぶ船で運ばれ、加納の平地に田畑を持つ長津呂の人々が、朝早くこちらへ来て日暮れ前に戻ってゆく、その他の往来は、いまの季節、ほとんど無いという。芙佐自身、この道を越えるのは初めてである。

道のはじまりには、藁しべが結んであった。

梅雨の最中（さなか）とて、昨日も朝から雨が降ったが、幸いなことに今日は晴れている。すでに動くようになった腹の子を片手で庇いつつ、芙佐は山道に足を踏みいれた。

昨日までの雨に下草が濡れている。着物の裾をからげ、脚絆（きゃはん）と草鞋（わらじ）で足ごしらえはしたが、道幅が狭くなるとすぐに、膝頭までしっとりと濡れた。だが、下草のなかに咲く、蛍袋（ほたるぶくろ）の紅の花房に気づいて、芙佐の心がほぐれた。

下田に嫁いでまもない頃、海辺で白い蛍袋を見つけた。下田の蛍袋は皆白いのだと教えてくれたのは、夫の孝太郎である。芙佐が庭の牡丹より野花を好むと知って、忙しい家業の合間をぬって、下田の町のあちこちへ路傍の花を見に連れ歩いてくれたものだ。その夫のことを、芙佐は久しぶりに懐かしく思い出していた。忘れていたわけではない。だが、小女に文（ふみ）を託したまま何の便りもないことを思い煩うよりはと、心の片隅に想いを閉じこめ、鍵をかけていた。今、ひとりで長津呂への山道を歩き始めた時に、野の花を見て夫を想うとは、何とも不思議な心持ちがする。麻疹から逃げはじめた時には、三人一緒と思っていたのに、離れているということは、こういうことなのか……。

芙佐は紅色の花房に指を触れ、そっと揺らしてみた。釣り鐘のような花から露が零れた。

山道を登るにつれて、小鳥の声が繁くなった。足許には、乳色の虎の尾や薄桃の笹百合の花が揺れ、馬酔木の隧道を抜けると、頭上の梢に水木の花影が白く煙っていた。明るくさえずる小鳥が枝を揺らし、清々しい露がはらはらと降る。

半刻あまり歩いても行き交う人は無かった。だが、脇道のあるところでは、枝に必ず藁しべの印が結ばれている。苔むして滑る岩肌の道では、その藁が幾本か纏めて結ばれ、掴まるのにちょうど良い枝にあった。おかげで芙佐は無事に難所を越えた。

最後の峠を下り、野薔薇の甘い香に立ち止まった芙佐は、あたりを見まわした。白い花房の茂みを見つけるのと同時に、人が大きく滑った跡に気づいた。ぬかるんだ山道に、真新しい藁くずが散っている。野薔薇の茂みの中には、さらに多くの藁が見える。

芙佐は首を傾げた。藁の道しるべは、今日結ばれたらしい。泥濘には、今朝雨が上がってから加納へ向かったと思われる足跡が幾つもあり、藁は、その上にも落ちていた。

まさか、そんな……。広い背中を思い浮かべた我が身を、芙佐は笑った。弟の言葉など真に受けて、何というお調子者なのか……。

だが次の道しるべで、芙佐の迷いは、はっきりした形となった。目の高さにある枝に、ほぐした麻縄が結んである。良太が腰に結んでいたのと同じ麻縄だった。頼みにしてきた目印が、ほかならぬ我が身のためだけに結ばれたものと知って、芙佐の心は激しく揺れた。だが、やがて胸の奥から湧き上がったのは、喜びではなく、深い悲しみであった。

芙佐が好きだったのは、良太と並んで見る伊豆の海だった。辛く悲しい時に水平線を眺める芙佐の心は、良太の面影に支えられていたのだ。それはあまりに自然なことで、その想いに気づくことなく、霜田へ嫁いでしまった。もっと早く気づかねばならぬ大切なことだったのだ。今では、もう遅い。

それからの山道を、芙佐は脇目もふらず、ただひたすらに歩いた。急な坂を登り、また下りながら、別れ道にくると麻縄の道しるべを見ずにいられないことが、耐え難く思われた。

歩きはじめてから二刻（ふたとき）余り経ち、日の落ちる前に長津呂の村が見えたとき、芙佐の身も心も、酷く疲れていた。


「海に夕陽の沈むときが、いちばん好きよ……」

芙佐の隣で海原を向いたまま、幸（さち）が言った。

さいごの下りで拾った杖に縋（すが）り、やっとの思いで戸口に立った芙佐を、すでに良太から知らせを受けて待っていたという幸は、抱きかかえるようにして出迎えてくれた。土間に用意してあった盥の水で、汚れた手足を濯ぎ、延べてあった床に横たわらせながら、芙佐に会えば叱られるからと冗談めかして言った良太が、漁師仲間の船に乗り、随分急いで帰ったようだったと笑った。そして、わずかのあいだ休んだ芙佐が、身を起こしても俯いて言葉を失くしているのを見て、背を押すようにして浜へと連れ出し、岩に腰掛けさせたのである。

加納で生まれ育ち、芙佐の祖母から茶の湯と琴を習った幸は、色白で線の細い娘だったが、嫁いで四年近く経ついまは、見違えるように日焼けしていた。しっかりと肉のついた肩に赤子を背負い、両の手にひとりずつ幼い子らの手を握る幸が、芙佐の眼には、ひどく眩しく見えた。

「岬のむこうに沈む日輪は見えないけれど、沖が朱金いろに輝くでしょう。お祖母さまも私の母も、亡くなった親しい人達のいる極楽浄土が、あそこにあるような気がするのよ」

夕焼けの空は朱く、海までその色に染めている。芙佐は何も言えない。眼のなかで、夕陽は海に溶けた。

「……この海を見るとね、あたし、元気になるの。疲れた日は、いつもここへ来て、なあんにも考えずに、ただ、ぼうっと見てるのよ」

そう言って、幸も黙った。波の音だけが、寄せては返している。

「子を産んで育てるのって、大変かしら」

前を向いたまま、芙佐は呟いた。

「大変なこともあるし、いつも大変なわけじゃないし。辛いと思うこともあるし、楽しいこともあるし……。初めての時は大変で、次は楽で、その次もと思ったら、結構大変で……考えたらいつも大変なの。だから考えないことにしたの。だって、考えると解らなくなるんだもの」

娘の頃のように、ふたりは顔を見合わせた。

「そうね。子のほうだって、大変かもしれない。こんなに動き回って」

瓜のように膨らんだ芙佐の腹のなかでも、子はぐるぐる動き、あちこち蹴り回っている。

「さあ、子たちはどう思っているやら……、案外、手の掛からない中の子が一番大変だったって言うかも知れない。育ったら聴いてみましょうか」

そうだった、と芙佐は思った。無事に産むことばかり考えていたが、人の子は産みさえすれば育つというものではない。凶作の年には、下田でも、たくさんの子が死んでいる。

「飢饉の時は、食べさせるのも大変だわね」

「そしたら海に潜るのよ。もしも此処で子を産んだら、銛の使い方、おしえてあげる」

そんなに長くは、と驚いた芙佐に、麻疹が絶えるまで居るべきだと、幸は言った。浦には余所者はめったに入らない。峠を越える者も、荷船を操る者も、麻疹を済ませたおとなばかりだ。難破船さえ寄らず、未患の人々の往来を控えれば、浦ほど守られた所は無い。

「……良太さん、麻疹の済んだ浦はないか、安全なところは何処かって、浦々の漁師に尋ねて廻ったらしいわ。あの人に任せておけば、大丈夫。磯遊びをしてた頃だって、磯物採りなんかそっちのけで、芙佐ちゃんの手許や足許ばかり見てたんだもの。きっと守り通してくれるわ」

芙佐は知らなかった。潮だまりに尻もちをつくとすぐ、良太に笑われた、それは、いつも見守っていてくれたからであったのか。戸惑う芙佐の顔をのぞきこみ、幸は言った。

「頭で考えないの、安気にしてるのが一番」

幸の思いやりで、芙佐は梅雨の暗さも感じずに、ひと月の余をゆったりと過ごした。

案じていた白斑の兆しもなく、乳のやり方を見習い、襁褓のあて方を覚え、むずかる子をあやす術を知った。晴れ間には幸の子らと磯に出て、貝殻を拾い、雨には小屋で、芙佐の腹の子が次にどこを蹴るか当てっくらをした。話しかけ笑いかけ、唄って聴かせると、腹の子は常に増してよく動いた。そして梅雨が明けた。


「すぐに身支度して」

土間へ駆け込んできた幸が、芙佐の杖を手にして叫んだ。顔色が変わっている。

麻疹だ。この長津呂へも、麻疹がはいってきたのだ。

芙佐はわずかな荷物を背負い、足許を固めた。そのあいだに用意したらしい竹筒と握り飯を、震える手で押しつけながら、幸が囁いた。

「すぐそこの家に出たの。行き来はしてないけどあたしもこの子らも染っているかもしれない。だから急いで。連れを探す暇はないわ。一緒に行けないけど、気をつけてね。加納に着いたら、まずあたしの家へ寄って。みんな麻疹を済ませてるから大丈夫だし、里の入り口だから病人の家を知らずに通る心配もないでしょう。お屋敷へ帰るのだって、父か兄に村内(むらうち)の様子を聴いてもらってからにしなくちゃ危ないわよ。とにかく……、まだ染っていないことを祈ってるから」

「ありがとう……。なんて御礼を……」

「いいから急いで。芙佐ちゃんが教えてくれたから、あたしもこの子らを外へ出さない」

戸を細く開けて、芙佐は表へすべり出た。閉めた戸に頭をさげ、慌(あわ)ただしく踵を返した。

すでに昼を廻(まわ)っている。夏至を過ぎた陽は短い。急がねば山中で夜になる。だが、麻疹患者の出た浦里に留(とど)まる気にはなれなかった。

峠の道は乾いていた。日射しが暑い。芙佐は手ぬぐいを被(かぶ)った。耳許(みみもと)で虫の羽音(はおと)が騒ぐ。

朝に払われたはずの蜘蛛の巣が、もう道を塞(ふさ)いでいる。苦手の蜘蛛は見ずに、手にした枝でなぎ払った。水無月(みなづき)の山は、蛇も多い。出会わぬさきに追えるように、芙佐は足許の道を杖で叩きながら歩いた。硬い岩の音がした。

産み月まであとひと月となった腹は異様に脹(ふく)れ、我が身の足許すら見えないのである。

つねに二間ほど先の道を見ながら、芙佐は慎重に足を進めた。

梅雨にできた細い沢の涼しげな水音が、心を洗ってくれるようだ。だが、いつのまにかその音も深く遠くなった。付き添ってくれるのは、小鳥たちのさえずりだけになっていた。

歩いては休み、また立ち上がり、竹筒の水ですこしずつ喉を潤しながら、芙佐はいくつもの坂を越え、峠を越えた。握り飯は喉を通らなかった。

最後の大きな峠を前に陽が沈みかけた時、芙佐の目の前が白くなった。もう駄目かと思った。木の根方に膝をついた。気が遠くなった。

「……だいじょうぶか」

どれほど経ってからか、あるいは束の間の後か、芙佐を揺り起こしたのは、鍬を担いだ農夫であった。加納まで一緒に戻ってくれるという。その肩に縋って、芙佐は里へと下りた。


加納の里では、麻疹が絶えていた。幸の兄の話では、芙佐の弟が世話役に計り、病人を山裾の屋敷に引き取って、麻疹の済んだ者だけに看病させ、若者の出入りを止めたからだという。弟はそのことを口にしなかった。病弱な父に代わって名主の家を背負っているとはいえ、まだ若い身で、と芙佐が礼を言うと「皆様のおかげです」と口ごもり、照れくさそうに逃げてしまった。万一のことがあってはと、それきり姉に近寄らずにいる。芙佐は屋敷の奥に隠り、更に二十日近くを過ごした。白斑は出なかった。長津呂の麻疹からも、逃げおおせたのである。

初秋が過ぎ、仲秋を迎えて、加納の紅葉も色直しをはじめた。薄の白い穂も陽に輝いている。

「まもなくですね」

弟がそわそわするぶん、芙佐は落ち着いていた。居場所を知らせる文をやったのに、夫から返事の無いのは気懸かりだが、真面目な人ゆえ、仕事に忙しいのだろうと思われた。

我儘を言って出た身で、会いに来てほしいと言えるわけもない。夫に会えば揺れる気持ちが定められるかと思われたが、それも身勝手な考えだった。

仲秋の名月を明日に控えた晩に、芙佐は健やかな男の子を産んだ。澄んだ瞳で、口許の優しげな、夫によく似た赤子であった。

「気の強い娘だな。兄より俺(あんた)を選ぶほど馬鹿な義姉(ねえ)さんだとは思わなかったと言われたよ」

人払いをした縁先に腰をかけ、冗談めかした口調で、良太が言った。麻疹が癒えたばかりの義妹が良太を訪ねて来たのだという。芙佐はまだ産後の床上げを済ませておらず、庭を見渡す一間にのべられたままの床に、身を起こして聴いていた。

寝間着姿の芙佐を気遣ってか、こちらに背を向けたまま、良太はことばを継いだ。

「知らせずに済むなら、そうしたかったが、根も葉もないことでも、放っておくと取返しがつかなくなるから」

小女の話がどこでどう歪んだか、霜田の家では、芙佐が良太と一緒にいるものと思っていた。だから子が生まれたと知らせても、祝いが届いたきり十日経っても誰も来ないのだという。

「けれど、わたしからも文(ふみ)を……」

「それはあの妹が開けずに握りつぶしていたんだ。兄が可哀想だと思ったと言うんだが」

逢之浜での磯物採りの楽しげな様子を知っていた希江は、芙佐が良太と山越えをしたと聴き、良い仲になったと思いこんだらしい。小女はどう伝えたのかと問うたが、ただ山越えを手伝ったと言っただけのようだ。ずいぶんと無茶な話だが、文句を言いに乗り込んで来て二人が一緒でないと知り、驚いた表情はほんとうらしかった、と良太は言った。

「そんな、ひどい話がありますか」

庭先へ飛び出してきたのは、弟であった。

「あなたという人は……」

「申し訳ありません……ですが、これが立ち聞きせずにおられますか。妹も妹だが、それを真に受けて確かめに来なかった、義兄さんも酷い。そんな家に帰ることはありませんよ」

「まあ、まってくれ」顔を真っ赤にして怒る弟を、良太が遮った。「……旦那さんは誤解していた。つまり……、芙佐さんが俺と一緒になって、幸せに暮らしていると思ってたんだ。そう信じていたら、俺が旦那だって、のこのこと邪魔しに来たりしないよ」

とにかく誤解は義妹の思いこみから出たものだし、それも解けたのだから、おっつけ霜田家の人たちも来るだろう、そう言って去りかけた良太の背中に、弟が叫んだ。

「姉様が幸せだったのは、誤解なんかじゃない。良太兄、そうでしょう、良太兄が引き受けてくれないんなら、姉様の面倒は私が独りで見ます。霜田の家なんかに帰しはしません」

良太は、振り向かなかった。芙佐も黙って、その背中を見送った。

夫の孝太郎が加納へ来たのは、すぐ翌日の早朝である。夜半に乳を与えた芙佐は、まだ寝入っていた。目覚めると、枕許に夫の顔が見えた。

「そのままで良い」

いそいで起きあがろうとした芙佐を、夫は優しく制した。

「……よい子を産んでくれた。ありがとう。ひとりで苦労をさせた。申し訳なかった」

夫の声音(こわね)に、押さえた涙が滲んでいた。

「……許してくれとは言わない。愚かな誤解をしていた。父母にもすべて話して詫びた。お前が賢く強く、母として腹の子を守り通し、私が愚かでお前たちを守れなかったと知って、父母はお前に済まないことをしたと言っている。息子の不明を含めて、だ。そしてお前が子を連れて帰ってきてくれたなら、どんなに嬉しいかと思っている。霜田の家の者、すべてが、だ」

訥々(とつとつ)と言って、孝太郎は深く頭を垂れた。

「もったいのうございます」

応える声が、震えた。

「そんなことはない。ただ、希江のことだけは、許してやってくれ。あれは、お前からの手紙を綺麗なまま手文庫に入れていた。誤解をしたのは確かだが、子が生まれたら、こんどは赤子にお前を盗られると思ったそうだ。幼い頃から何につけても我が身が一番でなければ気の済まない娘だ。お前が私の方を向くことさえ、悔しかったと言うのだ。愚かな話だが、お前をそれだけ慕っていたということでもある」

夫の声には、誠が感じられた。ただ、それに応える言葉が出てこない。

「お父上にお許しをいただけたら、赤子の名は私がつけても良いだろうか。ぜひ付けたい名があるのだ……」芙佐が頷くと、夫は「……ありがとう……」と言った。「……ゆっくり休んで、霜田に帰りたいと思ったら、いつでも知らせてくれ。すぐに、必ず、私が迎えに来る」

静かに言って、夫は立っていった。芙佐は深い眠りに引き込まれた。目覚めた時、すべては夢であったかと思われたが、弟がひどく不機嫌だったので、やはり孝太郎が来たのだと思った。嬉しい筈だった。待っていたのだ。だが、心は揺れていた。微睡むと夢を見た。

夢の中で、芙佐は水平線を歩いていた。去年下田湊で見た綱渡りの、若い軽業師のように、身はふらふら揺れている。水平線は一筋に続いているはずだったのに、眼を凝らしてもさだかに見えない。それでも、海に落ち込んで溶けてしまうことも空に浮かぶこともならず、芙佐は芙佐として歩まねばならぬと解っていた。生きた心地がしなかった。

目覚めても、夢から逃れられないようで涙が絶えない。赤子を胸に抱いて乳を吸われている時だけ、芙佐は、確かに生きていると思えた。

霜田の母から文が届いたのは、翌々日のことである。芙佐の苦労をねぎらい、母としての不明を詫び、子の名は「林太郎」としたと記し、その訳が綴られていた。夫は、医師の助言に始まった行立を包み隠さず家族に話した。芙佐の峠越えを忘れぬようにと、子の名前に「林」の字を用い、我が名にもある「太」の一文字に、良太への感謝を込めたというのである。義父母も希江も、それに賛成したという。霜田の皆が、赤子が無事に生まれたのは、芙佐と、芙佐を支えてくれた良太たちのおかげだと思っている。その子は霜田の子でありながら皆の子である、と綴ったあと、文は、こう続いていた。

……母の私が申すのも如何かと存じますが、希江の勝気な質は、おそらく変わりません。孝太郎の生真面目さも度胸の足りないことも、なかなか変わらないでしょう。それを承知でも霜田の家に帰ってきてくれたなら、どんなに幸いかと想います。林太郎が私共の孫であり、貴女が林太郎の母であることも、未来永劫変わらぬことなのです……。

初冬をむかえても、南伊豆の海は温かい。

吉右衛門の庭の母子草は種の綿毛を含んで、白と黄と薄緑の斑になったが、逢ノ浜の土手には、いちめん、黄いろの群落があった。母子草の花期は、驚くほど長く、咲き様も様々である。海は、きょうも晴れていた。雲ひとつ無い空は高く澄みわたり、沖には魚採り船の影が浮かんで見える。良太は黄の花群の手前に立ち、海を眺めていた。芙佐はそっと、その隣へ立った。

「明日、下田へ帰ります」

芙佐が言うと、良太は黙って頷いた。

「……逢いにきてくださって、ありがとう」

呼びだしたのは、芙佐である。仲秋のあの日以来、良太には逢えずにいた。芙佐のために毎日、魚を届けてくれながら、飯炊きの婆に渡すのもそこそこに、帰ってしまうのだ。弟すら、良太と口をきくことができずにいた。婆に託した文には、帰る前に一目だけ会いたいと認めた。

「……おかげさまで下田の麻疹も治まって、林太郎の首も据わりましたから」

いま帰るほんとうの理由は、それではない。加納で正月を迎えたら、もう下田へ戻る決心ができないだろうと、芙佐は怖れたのだ。

こうして良太と並んで海をながめるのが、幼いころから芙佐は好きであった。あまりに自然なことであったので、そうと気づかぬうちに嫁に行き、子を妊(みごも)っていた。そして、子は無事に生まれた。芙佐は母となった。母でありつづけることを選んだ。伝えることが許されるのは、最後のそのことだけ、と、芙佐は固く心に決めていた。

「……あの子を……、大切に育てます」

芙佐の隣で、良太が、穏やかに頷いた。

「俺も芙佐さんも幸(さっ)ちゃんも、早くに母親を亡くした者(もん)には、母親がなにより大事なんだ。辛くなったら、ここへ戻ってもいい。けど、母親でいられるうちは、母親でいて欲しい」

「はい……」

海は凪(な)いでいた。鏡のように静かに、空の青さを映している。

「……すこしだけ、このままでいて……」

良太のうしろに添い立ち、その広い背なかに、芙佐はそっと額をつけた。

眼を閉じると磯の香りがした。優しく、懐かしい香りだった。

「……ありがとう。ほんとうにありがとう」

良太の背中が動いた。芙佐は額を離して、深く頭を下げた。涙があふれた。

その眼に、ぼんやりと、黄いろの花影が映った。

――母子草に、かぎられた盛りの季節はない。それは、つねに人の手の届くところにあって、痛み苦しむ者を、助けてくれるのですよ――

芙佐の心に、温かい祖母の声が響いた。

我が子のもとへ帰るために、芙佐は初めて、自ら良太に背を向けて、歩きはじめていた。


のちに、江戸の高名な医師が、伝染病について説いた書物のなかに、身重ながらに峠を越えて感染から逃れ得た芙佐の知恵と所為（しょい）を記録した。

芙佐にとって伊豆の地形は恵みであった。

佳作

埴輪の指跡

川﨑正敏

僕の少年期は、引っ越しの連続であった。小学校を七回も転校した。転校を繰り返していると、言葉遣いや身の処し方を覚えて、目立たないように絶えず周囲に気を配り、行動するようになっていた。

小学校の五年生が終わった春、伊東から松崎に引っ越して来た。その時、左足の怪我で松葉杖を突いての転校であった。引っ越しの前日、家具を菰で包んで縛りつけた縄に足を掛けてよじ登り、天井に頭をぶっつけては、その家具の上でひとり飛び渡って遊んでいた。

「兄ちゃん、昼ご飯」

と、五歳の妹の声がした。僕は箪笥の上から菰を巻いた荒縄に足を掛け畳に飛び降りた。足裏に何かを踏みつけた。肉が焼け、激しい痛みでその場に座り込んだ。見ると独楽の芯棒が足裏に突き刺さっていた。その怪我で引っ越しが一日延びた。

引っ越しの当日、トラックの運転席には父と交互に運転する同僚が乗った。幌のないトラックの荷台の奥には、わずかばかりの家財道具と生活用品が積まれ、荷台の入り口に妹を挟んで母と僕とが乗り込んだ。僕は布団袋を背に、伸ばした怪我の足の下にクッション代わりに座布団を置き、脚を伸ばして座った。僕の横には、迷い込んで来た子犬のシロとヤギが荷台の柵に縛り付けられていた。妹が生まれてまもなく、母乳の代わりに飲ませたヤギである。ヤギの乳搾りの時、後ろの足首を掴まえている僕に、そのことを母から聞かされた。そのヤギの役目も終わったが、手放すに忍びず飼い続けていた。

家財道具と家畜と僕たちを乗せたトラックは、上り下りの激しい海岸線に沿って南下し、あるところでは崖が切り立ち、眼下には波が砕けている岨路を越え、岬の付け根を通り抜けて行った。いたる所に小さな入り江と漁村があり、桜が咲き乱れ、いつの間にか沖の大島の島影が荷台の右手に見えてきた。

昼過ぎに下田の港に着いた。

港の出口を塞ぐような巨大な戦艦が停泊していた。初めてみる戦艦に圧倒され、トラックの荷台で握り飯を食べた。

西海岸にある松崎は、下田の港に注ぐ川に沿って遡り、半島の山を半日掛かりで越えて行く。トラックは川沿いの桜並木の下を走っていた。満開の桜の花びらが荷台に絶えず降り、陽の光を乗せてキラキラと輝いては遠のいていった。

妹とキャラメルをしゃぶり、川沿いの咲き匂う桜の下をトラックの荷台から見上げては、舞い落ちてくる花びらを、手で掴み取っていた。

桜並木が途切れた。はるか彼方に下田の街並と停泊している戦艦のマストや大砲の筒先が見えた。それらを取り巻く山々は、芽吹いた新緑に萌え、鮮やかな輪郭を浮かび上がらせていた。その上には靄のかかった空が青みを帯びて膨らんでいた。

山が両側から迫り、視界が狭まった。トラックは唸りを上げ、山肌を掠めて上りだした。路に張り出した新芽や若葉の枝は積荷に擦られ、折れたりして路上に点々と散っていた。その山路の狭間から霞んだ海が見え隠れしていた。時々、どこからともなく山桜の花びらが降りかかってきた。

片側の山がとれ、切り立った崖下から木々の梢が頭を出している。

トラックは山の尾根を走り、坂を上りきると、半島の背骨に当たる山並みの峠で止まった。

西海岸は濃紺色の海であった。風が山裾から吹き上げていた。

「ここが婆娑羅峠、昔は姨捨山だった。海沿いに見える村が松崎の地だよ」

と、母が西海岸に顔を向けたまま言った。

僕は、松葉杖を突き、海を見ていた。群青色の寒々とした海が広がっていた。

「この海が駿河湾で、海の向こうにぼんやり見える陸が静岡市。中島もあるし、大谷もある」

中島には父の、大谷には母の生家がある。共に海岸沿いにある地名である。

「近くに見えるのに遠い。松崎は陸の孤島だね」

と、母は駿河湾の蒼い海を見て言った。

草原の峠を縦に走る山径を、妹が子犬を追いかけて走りまわっていた。

「置いていってしまうよ」

と、母は何回も声を掛けていた。子犬を追い掛けている妹の姿が、叢に消えては現れていた。

トラックは急坂を下りだした。路は急カーブの連続で、曲がる度に体が左右に大きく揺れ、母と僕の間に座っている妹は車体がカーブする度に体を倒して遊んでいる。カーブで上体を大きく倒す。また僕も妹に寄り掛かっていった。繰り返しているうちに機嫌の良かった妹は急に怒り出し、両足で僕の腰を蹴ってきた。それを見た母は妹を膝の上に乗せ、車のカーブに合わせて妹を左右に大きく倒していく。奇声を発し、声を立てて笑っている妹が母の膝の上で揺れていた。

子犬もヤギも荷台に腹を擦りつけて、身体をわずかに滑らせていた。

山路から抜け出ると、乾いた田の道に入り、越えて来た山の頂が見えた。

トラックは川沿いの道を走っていった。山裾は遠のき、田畑は広がり、いたる所に蓮華の花畑が鮮やかに咲き乱れて、明るい陽光に包まれていた。

トラックは転校先の小学校の校庭を突き切り、校舎の端にある裏門の広場に止まった。松の木が二本、ひょろ長く伸びていた。

小学校の裏口に止まったトラックから父が、大きく背伸びをし

「やっと着いた」

と、荷台から僕を抱き下ろした。

学校の裏口門の横にある新築の家に案内された。

父の勤務先の同僚が
「新しい家ですが、土壁は化粧してありません」

「雨露をしのげれば結構です」

と、母は言い残して、集ってきた手伝いの人たちに挨拶をしていた。

孤を外して家具を運び込む人たちは、その都度母に置き場所を聞き、家の中に納まっていった。

僕と妹は、運び込まれる家具に追い出され、夕暮れの日を浴びて、校庭のブランコやシーソーで遊んでいた。犬とヤギは校庭の松の幹に縛り付けられて鳴き声を立てていた。


松崎での転校の日、教室に入る前が一番緊張する。そんな自分を意識し、何回も深呼吸しては気持をほぐしていた。

先生に連れられて教室の前に来ると、室内の生徒の話し声や笑い声のざわめきが廊下まで聞こえてきた。先生は教室の戸を開けた。ピタリと話し声が止み、静かになった。僕は担任の先生の後から松葉杖を突いて教室に入り、教卓横に立った。クラス全員の視線が僕に集まる。その視線を受け、教卓の横に立っていた。顔を上げ、少し戸惑いの表情を作り、後の黒板を見つめていた。決してきょろきょろしたり、下を向いたりしない。かえって興味をそそり、みんなの視線が強くなるのを知っていた。

異様なまでの好奇心で、食い入るような視線を体全体で受け止め、担任の先生の言葉を僕は待ち、早く紹介の儀式が終わるのを願っていた。先生はもったいぶった口調で、教卓の前で転校生の僕を紹介し、そして黒板に僕の氏名を一点一画、神経質な字で丁寧に書き、その横にふり仮名を振った。

今度は僕の出番である。

「近藤隆三です。伊東市の東小学校から来ました。よろしくお願いします」

まず少し声を大きくして自己紹介をした。

みんなは僕の声をひと言も漏らす事なく聞き耳を立てている。松葉杖に両腕を取られ、とって付けたように頭だけ下げた。

これは今まで経験した、いつもの転校時の雰囲気であり儀式である。

「近藤君に聞きたいことがあるか」

と、先生の甲高い声に、教室内がざわめく。その時初めて僕は教室の生徒を一瞬見渡した。手を挙げて質問する生徒もいない。先生の後に付いて、女生徒の横の席に案内され、そこに腰掛けた。椅子の横に松葉杖を床に重ねて置いた。僕の一挙一動を見逃さない視線がまとわりついて離れない。隣の席の女生徒も緊張して正面を見ている。僕が腰掛けた様子を一部始終見ていた先生は、その場で

「みんな仲良くするように」

と、常套句の台詞を、また声を張り上げて繰り返した。

隣の女生徒が教科書をそっと差し出して長机の真ん中に置いた。それを僕は横目で見て授業を受けた。

昼休みの時間、数人の生徒が近付いて話しかける機会を窺っているのを感じていたが、僕は静かにただ腰掛けていた。

窮屈そうな服を着た、顔の細長い生徒が近付き、わざと横柄な態度で
「足を怪我したのか」

と、聞いてきた。ただ僕は頷いた。

「どこに住んでいる」

「僕の家はすぐ学校の裏です」

クラスの生徒は、耳を澄ませて会話のやり取りを聞いていた。

「ボク、だって」

と、小声だが、聞こえよがしに揶揄する囁きが、ボク、ボクの連呼で繰り返された。それを聞き流し、平静な表情を装い、長い顔の生徒から目を離し、次の授業の教科書を出した。それを目ざとく見た顔の長い生徒が
「その教科書は前の学校で使っていたのか」

「うん」

と、そっけなく答えた。

僕の突き放した返事に
「ちょっと見せろ」

と、無造作に教科書を取り上げた。広げた本に、首を突き出して覗き込む顔が、次々と続いた。無関心を装い続けた。

教室の前で、いつの間にか僕の松葉杖を使っている。片脚の膝を曲げ、杖を突いて歩いている生徒がいる。杖は次の生徒に渡り、杖を支えに体を浮かせて歩いている。教室内で松葉杖の順番ができていた。脇に体重をかけ、恐る恐る歩く生徒、バッタのように遠くに杖で、飛び跳ねるように着地している生徒もいた。

僕は思わず立ち上がっていたが、無言で椅子に座った。

僕の席にいる生徒の一団が通路を空けた。松葉杖を突いて来る生徒が通りかかった。その時僕は松葉杖を掴んで取り返した。生徒は後ろの机と共に床に音たてて倒れた。

立ち上がった彼は口を手で押さえていた。指の間から血が流れ落ちていた。

「真一、大丈夫か」

声が飛び交った。手を離した真一の唇から血が溢れた。真一は急いで口を押さえた。そして僕を睨み付け、転がっている杖を蹴った。床を滑って教室の後ろのロッカーに当たる音がした。

真一の押さえた指の間から血が溢れて床に落ちた。教室は騒然となった。

初めに話しかけた顔の長い生徒が、教科書を机に投げ返し、横目で僕の目を冷たく見つめたまま、いつまでも視線を外さなかった。それと同時に僕を取り巻く生徒の眼つきが険しくなっていた。

先生が来て血を流した生徒を教室から連れて行った。

次の時間僕は別室の部屋に座っていた。

「君は賢く人柄も良い生徒のはずだが、何があったのだ」

僕のことを何も知らないくせに、その担任の馴れ馴れしい優しげな質問にうんざりして、いつしか俯いて黙ってしまった。

「近藤君、真一の前歯が松葉杖に当たって折れた。君は松葉杖を貸してやったのではないか?」

「断りもなく勝手に使ったのです」

僕は顔を上げてはっきり言った。

「みんなは君が使ってもいい、と言っていたというが……」

僕は繰り返しの質問に

「杖を取り返しただけです」

と、答えた。

教室に戻ると、もの音ひとつ立てず、ただ敵意に満ちた眼が僕に向けられていた。

その日の放課後、顔の長い生徒とクラスの生徒数人が、杖を突いて帰る僕を呼びつけた。その中に真一の姿はなかった。校舎を背にした僕は、いきなり髪の毛を掴まれ、力いっぱい校舎の羽目板に後頭部を打ち付けられた。そして脅しの罵声を浴びせつけた。

西海岸の小さな部落の小学校に、わけのわからない余所者が入って来た。そればかりか転校の日、生徒に怪我を負わせる事件まで起こした。この噂は学校ばかりでなく村の大人たちにも知れ渡り、自然と両親の耳に入った。親の耳には、松葉杖で魚屋の真一を打ち、前歯を折った、と事実がすり替わっていた。

父の前に座らされた。いきさつも聞かず、父の平手が僕の頬を打った。そしてそのまま魚屋の真一の家に連れて行かれ、謝罪させられた。その時、父の謝る姿を初めて見て涙が出た。謝る必要のない怒りと悔しさは今でも忘れられない。

裏門横の僕の家の前で
「近藤クン、足が治ったら遊ぼう…」

「松葉杖を貸して…」

と、露路から声がかかる。

「健クン、帰ろう」

わざとらしい笑い声に混じってざわめきが遠のいていく。それが毎日続いた。悪意と執念深さに恐れを感じた。

クラスの生徒はいつも僕を遠巻きにしているが、椅子の横に重ねた松葉杖は蹴られ、通路に投げ出されていたり、教室の隅に転がっていたりした。松葉杖で歩いていると、男子生徒は、故意に遠くへ避けて通って行く。僕はただ黙って無表情に彼等の行為を受け止めていた。

五歳下の妹の祥子と、生徒のいなくなった放課後、学校の遊具で過ごす時間が多かった。ただ僕は松葉杖に体を預けて妹がブランコを漕ぐのを見ているだけだった。

「女としか遊べないのか」

と、校舎の陰に隠れて囃し立てた一団がいた。しかし妹は、ひたすらブランコの腰掛の板の上に立って、大きく揺らしていた。

僕は、引っ越しては転校を繰り返すことを、子供心にも不思議に思ったことがあった。その理由が氷解したのは、十数年後僕が二十代で職についたばかりの頃である。母方の祖母が亡くなった祓いの席で、父と同年配の県庁に勤めていた母方の叔父が、めまぐるしく転勤していた理由を父に尋ねていた。

父は三年前に警察官を退職していた。その父が、白髪交じりの髪を掻き揚げて、注がれた杯を傾け

「敗戦まで自分は特高だった。思想関係の取り締まりだ。特に左翼が狙いだった。戦後、特高の人間は、GHQに戦争犯罪人の片割れとされた。自分たち特高は、今では決して赦されない

難癖を付けては、逮捕し、手荒な拷問と自白で検挙した。その中にはでっちあげもあった。敗戦後特高関係の資料は残さず焼却廃棄の命令がでた。署の空き地で燃やしたものだった。

特高に従事していた者は、国家警察に属していた。敗戦後まで国家警察署と地方警察署に分れ、今では県単位の県警本部組織になっている。戦後日本政府は特高に属していた人間を国家警察から地方警察に配置換えをし、派出所勤務に就かせ、転勤を繰り返して、誰が特高であったかをうやむやにさせて攪乱させようとした。

戦争犯罪人の片棒を担いだ特高出は、ＧＨＱの裁判の出頭命令を恐れ、いつ呼び出されるか、疑心暗鬼の毎日だった。署内では、何署の誰が呼び出されたと、噂が流れた。本県の特高は、より辺鄙な地方に目まぐるしく配置換えした。また進んで希望を出し、身の保全を図る者もいた。しかしいつかは、ＧＨＱの呼び出しがくるであろうと、自分は覚悟していた。

今考えてみれば、転勤などでうやむやにしてしまうなど、全く幼稚な策である。しかしその当時、まともに信じて転勤の指令を出されると、まともに受けた。今思えば滑稽なことである。笑い話にもならない。

一箇所に長く勤務することなく、めまぐるしく転勤したものだった」

父は苦笑いをして話を打ち切った。

転校後、風当たりの強くなった生徒が増え、学校への足は重かった。しかし何事もなかったように平然とクラスに入り、自分の席に着いた。生徒の視線には常に刺すような敵意が込められていた。

魚屋の真一の家に謝罪に行った数日後、独楽の芯を踏んだ足裏の傷が痛み出して病院へ行った。ベッドに腹這いにされて診察された。

「これはひどい。化膿している。切開手術だ。それしかないな」

と、医師は興奮した声で言った。その場で手術が始まった。一人の看護婦が、後ろ向きで僕の尻に跨って乗り、両足首を手で押さえつけた。看護婦の体重が腹を圧迫し、息苦しくて呻くと、看護婦は腰を浮かした。両肩と両腕は母ともう一人の看護婦に押さえられていた。

医師は傷口をメスで突いてくる。僕はただ痛さで悲鳴を上げ、泣きわめき続けた。

「膿が深い。もう少し切開するか」

医師の張りのある声が聞こえる。また足の痛みが突き上げてくる。ただ暴れた。両手を押さえた手に噛みつこうと顔を動かした。看護婦は噛みつく僕を巧みに振いのけ、肩を押さえて僕の手首をベッドの脚下に引き、押さえた。誰かの手に噛みついた。顔を横向きにベッドに押しつけ鼻を強くつまんだ。息苦しく口を開けた。噛みついた手が逃げた。鼻をつまんだ指は離れなかった。僕はパクパクと口で息をしていた。

戦後間もない頃は、麻酔薬さえなかったのだと、今にして思う。

三日間、痛みと熱にうなされていた。いつも聞こえる小学校の鐘の音が耳に付き、いつまでも残響として残った。しかし転校時の松葉杖事件は忘れていた。

母は濡れたタオルを額に当て、

「直ぐ痛みと熱が引くから」

と、諭すように言った。母がいなくなると傍らにいる妹が、母の看病の仕草をまねて額のタオルを裏返したり、タオルを取り替えたりした。小さな手から滴り落ちる水を熱のある目で見た。

化膿した足の切開後の痛みは薄れ、二週間後に学校へ行った。松葉杖を突いて教室へ入ると、クラスの生徒は、一斉に驚いた眼で僕を見続けていた。平静を装い、席に着いた。

ところが、僕への態度が変わっていた。松葉杖を蹴ることは勿論、僕を避けることもしない。むしろ困惑した表情で近付いてくる様子で、話しかけてくる機会を窺っている。僕は生徒の変化に内心不安を感じた。確かに教室の空気が変わっている。どうしたわけか床の松葉杖を抱え、カバンを靴箱まで持ってくれたのは魚屋の真一であった。僕は戸惑った。真一はにっこりと笑って
「悪かったな」

と、照れくさそうに言った。折れた前歯が欠けていた。

足の痛みはなくなったが、松葉杖を離せなかった。元気に飛び跳ねて運動場で遊ぶ仲間を、校舎に寄りかかって眺めていた。

朝、学校の裏門前にある家から始業時間の鐘の音が聞こえる。その鐘の音を聴き、家を飛び出し、松葉杖を漕いだ。それでも学校に遅れることなく、授業に間に合った。毎朝、妹も一緒に飛び出して、僕の持ち物入れの袋を校舎の入り口まで持って来た。

妹は五歳になっていた。村には幼稚園がなく、小学校へ行くのを心待ちにして、学校の様子をうるさいほどよく聞くのである。

夏は快適だった。家から海まで五分とかからない。家で水着に着替え、妹と犬を連れ、浜辺の穏やかな波に身を沈め、浅瀬で波と戯れていた。初めはしり込みをしていた妹が海に慣れ、打ち寄せる波と戯れ、そして渚で砂山を作っている。

僕は遠浅の海面に身を沈め、泳ぐ恰好で水と戯れていた。いつの間にか体が浮きだし、泳げるようになっていた。青く澄んだ海に潜り、揺れ動く海面の波が日の光を透かして、海底の白砂に光の波紋を映し出しているのを見飽きることがなかった。光の揺れ動く中に僕の影も映っていた。漂う光の輪の波の下で浮游している魚となって海に溶け込んでいた。

村の子供たちは岩場近くで遊んでいた。彼らは僕に手を振っている。

「俺たちは何も悪いことはしていないよな。捕まることはないな」

と、松葉杖を突いていた時、わざわざ聞きに来た同級生がいた。父の職業で僕に手を出さなかったのだ、とその時知った。

浜辺の人影は、村の数人の子供たちと僕と妹しかいない。あまりにも明るく静かであった。青い海と白浜を独り占めにし、海底の光の輪に魅入られて泳ぐ幸福のひと時を過ごした。

日が短くなり秋が深まると、時々海からの西風が吹いた。十二月になると西風は日増しに強く、激しさを増した。いったん吹き荒れると、数日間続く。その間僕も妹も家に閉じ籠っていた。村の子供もそうであった。そして何の前ぶれもなく西風は止む。みんな一斉に、僕も妹も外に飛び出して遊ぶ。もっぱら学校の遊具で遊んだ。そして僕を引き摺るまでに逞しくなった犬のシロを連れて浜辺を散歩することもある。母もそそくさと洗濯をし、買い物に出かけて行った。

海岸沿いに松林が続き、防風林となって村を守っていた。しかし西風が吹きだすと容赦なく西風は村を襲う。それればかりか風に吹き上げられた海の波しぶきをも村全体に降らせた。

西風の吹き荒れる日、松の幹に風を避け、海を見ていた。

風に煽られた海面は、沖からの波のうねりが陸に近づいてくるに従って、徐々に高まってくる。

海岸近くになると波は大きく盛り上がり、白波のしぶきを跳ね上げ、磯の砂を巻き込んで浜辺になだれ込んで打ち寄せてくる。風に煽られたその波のしぶきが、松の幹の顔に叩きつけてくる。連れてきた犬のシロも、吹き付けるしぶきと風に毛を靡かせて、足元まで打ち寄せる波に飛び跳ねては、逃げ回っていた。

その年は、特に西風が吹き荒れたらしい。

季節風の西風に舞い上がった海の波しぶきが家の縁側のガラス戸をも曇らせた。新築の家ではあるが、西風は軒の樋を外し、塀の板をはがしていく。建て付けが悪いのか、家全体、ギシギシと悲鳴をあげ、雨戸が激しく音立てて揺れ続けていた。

廊下の硝子戸越から庭に舞い込んだ枯れ葉や折れた枝が、渦を巻いてまた舞いあがり、飛び去っていくのを眺める日が続いた。

西風が吹き荒れた二月、僕が学校から帰るのを待っていたかのように風邪で寝ていた妹は半纏を着て起き出してきた。その日は、僕が知っていた影絵の作り方を教えた。妹はキツネや小指を絡めた蝶の影絵を直ぐ覚えた。

硝子戸から入る夕日の差し込む縁側で、蝶の影を障子に舞わせていた。僕はその横で宿題をしながら時々影絵の動きを見ていた。

今度はキツネの眼を細く、また大きくさせては表情を巧みに作っている。

左右の手を使い二つのキツネの影絵が向かい合って、鼻先を付けたり離したりし、指を曲げ

ては耳を動かし、あるいは口を開け

「今日は。お元気ですか」

と、一人で即興の物語を実演している。影絵のキツネの口が動き、語りの掛け合いをしている。

「おやつは林檎」

と、母は、皮を剥いた林檎を四切れ、皿に置いていった。

僕は一つを口に入れた。さくさくとした歯触りで林檎の甘さと酸っぱさが口に広がり、なお空腹を感じてもう一切れの林檎をむさぼり食べた。

妹の林檎が二切れ残っていた。

妹は一口食べて林檎を皿の上に置いた。影絵の二匹のキツネが会話している。僕は妹の林檎にすばやく手を出して口に入れた。

食べかけの林檎をも僕は狙っていた。そっと手を伸ばし、すかさず残した林檎を口に持っていった。

「あ、祥子のりんご…」

僕の腕を掴んだ。掴んだその手を払いのけ、僕は口に放り込み、ひと噛みして飲み込んでしまった。

妹は夕日を浴びた眼を細めて僕を見ていた。そしてか細く泣きながら寝床に戻り、枕に突っ伏して寝てしまった。

次の日、学校から帰ると母が医師を送り出すところだった。

妹は高熱にうなされていた。水に浸して絞った手拭を額に当てた。手拭を通して額の熱が僕の手に伝わってきた。息をする度に小鼻がぴくぴくと動いていた。肺炎になったことを母に聞かされた。


西風の吹く夜、半ば眠りの内で、雨戸を叩くような風の唸りを耳にした。目覚めかけては、眠りに落ちていた。穏やかな夏の海底の光の輪を潜ると、急に荒波の底に揉まれ出した。自分の身体が波の底で揉まれて浮き上がろうともがいていると、遠くで、身体を捻って、木に引っかかっているヤギが鳴いている。その口に林檎を食べさようとしている僕がいた。

ヤギの鳴き声が聞こえる。裏庭の小屋で、僕を呼んでいる。餌を欲しがっている。どこを探しても芹も米糠もない。僕は川岸に繋っている芹や雑草を食べさせていた。ヤギの背中に毛虫が群がっている。水を掛けて藁で拭いても落ちない。眠りの中でヤギの鳴き声が、だんだん遠のいていった。夢の中で思い出しているのか、僕自身もわからない。

僕の足が治った頃、ヤギが夜になっても鳴き続けていた。

父母は顔を見合わせていた。

ヤギを見に行った父が、

「涎を流して苦しそうだ」

と、胸の襟をはだけた寝間着姿で言った。

ヤギの喘ぐ鳴き声に耐えられず、僕は耳を押さえて布団に潜った。それでも呻き声が聞こえた。

朝、ヤギは小屋の前に蹲って、渇いた細い声で鳴いていた。僕をじっと見ている大きな黒い瞳が濡れていた。

学校から帰ると朝と同じ姿勢ではあるが、ヤギは体をなお平たく腹ばいにして蹲っていた。首を地に着け、顎を突きだして口先から涎を絶え間なく垂らしている。涎に濡れた土が泥になり、伸びた首と顎鬚を汚していた。時々首を突き出してかすかに鳴き咳き込んでいる。

その夜も嗄れた声で鳴いていた。僕は布団に潜り込んで耳を押さえていた。絞り出すような声に変わっている。

朝、ヤギは睫毛の長い瞼を閉じて死んでいた。

ヤギの死は、毒芹を食べたと、母から聞いたが、今となっては真偽の程はわからない。

父の運転する三輪トラックの助手席に僕は座った。荷台には死んだヤギが横たわっていた。くねった山路を上っていく。僕は振り落とされまいと助手席の取っ手にしがみ付いていた。

山の頂近くで、三輪トラックは止まった。

渓谷が口を開けていた。

父は荷台のヤギの後脚を掴んで引き摺った。荷台から首が曲り、径に滑り落ちた。ヤギの背骨が、異様に浮き出て日に映えて白く光っていた。頚と髭は乾いた泥で褐色に汚れていた。

父は谷を覗き込んだ。そしてヤギの脚を持って崖の縁まで引き摺り、最後に突出た背骨を押した。滑るように体が径の縁を削って谷に落ちていった。

遥か下の木の根にヤギが引っ掛かっている。まるで白い布切れのようであった。

そのヤギが鳴いている。

風が軒を打ち、雨戸を叩くように通り抜けていく。それが間断なく続いている。

僕は、眠りから醒めかけては、また眠りに引き摺られていった。

妹が僕の手を引く。一方の妹の手は誰かに引き摺られている。妹は僕を呼ぶ。僕は妹の手首を両手で握り、力いっぱい引き寄せた。妹も僕も引き摺られて行く。妹は泣いて叫んでいる。峠の草原のようであった。僕は大声を出して助けを求めた。その時目覚めた。

襖を隔てた隣室から人の声が低く聞こえる。その声も、雨戸を叩く風の音に消されていた。押し殺した、詰まった低い声は、母の声のようであった。

部屋を出て行く摺り足の音と玄関の戸の音を聞いた。軒を打つ風の音に混じって母の抑えた泣き声が続いていた。僕は、隣の部屋の気配を気にしつつ、いつのまにか眠ってしまった。

朝、妹の祥子が死んだ。父から聞かされた。林檎を食べた時、細い目で見つめていた泣き顔が浮かんだ。

葬儀の日、柩に寝かされた妹にしがみ付いていた母を、祖母と父が引き離し、柩のふたが閉じられた。

西風が激しく吹き荒れていた。茶毘に付す火葬場は、村の北側の山の中腹にあった。削り取ったばかりの赤土の路に、海からの西風がまともに吹き付け、土埃を舞い上げている。

柩を運ぶ叔父や大人たちを時々立ち止まらせ、後に続く葬列も乱れて、人々の間隔もばらばらになっていった。

風に吹き飛ばされて壊れた提灯が、冬空高く舞い上がり、山の枯れた雑木林に消えていった。僕は柩の後に付いている父の後を追い、手にした葬列の道具の杖を頼りに、吹き付ける風を受け、遅れて上って行った。

柩に寄り添う母と祖母の姿があった。西風をまともに受け、絡みつく喪服の裾に足を取られ、切り崩した山の赤土の斜面に身体を寄せ付けて、一陣の突風をやり過ごしては、腕を組み直し、風を避けるように横向きになり、よろめきながら柩に付いて行った。

茶毘の焚き口に、父と僕は屈み込み、薪を折って積んだ。

父は瓶の液を焚き口の折った薪にかけた。消毒のアルコールの臭いがした。

父は、薪にマッチで火を点けた。炎が燃え上がった。アルコールの壜の口に火が点いた。父は慌てて焚き口の中に壜を投げ込んだ。焚き口の奥で壜の破裂する音がし、暗い奥から火が吹き出てきた。

薪の木の弾ける音がしていた。外の西風の吹き荒れる音も林のざわめきもなく海の底のように深閑としていた。

焚き口の奥で炎が唸っていた。

父は静かに手を合わせていた。僕も父のまねをし、手を合わせた。林檎を横取りしたことが頭を掠めた。二度と取り返しのつかないことがあるのを初めて知った。

背後に人が立っていた。父は酒瓶と折詰の包みを渡し

「よろしくお願いします」

と、二人の背の低い初老の男に頭を下げた。

火葬場の出口で、僕は

「あの人たちは誰?」

「一晩中、燃やして祥子を骨にして、仏様にしてくれる人たち」

と、父が言った。

西風が途絶え、春雨の降る肌寒い日に、僕は村の小学校を卒業した。

母は、また引っ越しの準備を始めた。中学校は引っ越し先の新しい土地である。西風の絶えた春の日、父の運転する幌のないトラックの荷台に、母と僕の二人が乗った。妹の位牌と骨壷は母が抱えていた。

川沿いの道を山に向かって行く。来た時と同じように田畑の蓮華が咲き乱れていた。下田から来た道を戻っていた。連れてきた犬は、荷台から首を出し、過ぎ去って行く道を見ていた。遠ざかっていく松崎の村の屋根越しに、群青色の変わらぬ海が寒々と見えた。

「忘れることのできない土地になったね」

と、ぽつりと母は言った。

僕は小さく頷いた。

現在僕は、掘り起こされた古墳の玄室で、須恵器や勾玉や棺座の石の図面を方眼紙に書き写す仕事をしている。遺跡に座り込み、ひと仕事が終わって這い出てくると、吹き渡る風が身を透り抜けていく錯覚を覚える。

現場の事務所の机の上に円筒埴輪が置いてある。その埴輪に、人差し指で触れた幼児の指の跡が三箇所、くっきりと残っている。

それを見ていた僕は、突然西伊豆での生活が脳裏に浮かび、妹の影絵の指を想い出していた。今まで西伊豆の生活や妹を思い出すことはほとんどなかったのに……。

何の痕跡も残さず人は生まれ死んでいくが、僕の中に、その痕跡の一部が今でも残っているように思えてならない。

特別賞

若山牧水の山ざくらの歌と酒

伊藤正則

牧水の旅を追体験

桜のころになると、私は若山牧水の「山ざくら」の歌が目に浮かび、ごく自然に口をついて出てくる。

・うすべにに葉はいちはやく萌(も)えいでて咲かむとすなり山桜花

若山牧水は、大正十一年三月二十八日から四月二十日まで、伊豆・湯ケ島温泉の湯本館に滞在、山桜の歌、二十三首の大作をものにした。牧水の円熟期を代表する名歌に数えられる歌である。

第十四歌集『山桜の歌』（大正十二年五月刊）の中で、特に「山ざくら」と題してまとめ、詞書には「三月末より四月初めにかけ天城山の北麓なる湯ケ島温泉に遊ぶ、附近の渓より山に山桜甚だ多し、日毎に詠みいでたるをここにまとめつ」とある。

また、牧水の紀行文『追憶と眼前の風景』（中公文庫）もこの旅の成果であったが、湯ケ島の渓流沿いに咲く山桜の風情、天城山の噴火口あとの八丁池への登山の様子などが生き生きと描かれている。

牧水の歌や紀行文を読みながら、その現場を歩けば、歌に秘められた奥深い意味や文献だけでは分からない裏話などを知ることができるだろうと、うずうずしてくるのだった。

長年の念願がかなって、二〇〇四年四月五日から三泊、山桜の満開となった湯ケ島温泉に宿を確保して、牧水の歌を追体験する旅に出た。

山ざくらの歌碑

牧水の山ざくらの歌碑の前に座り込んでいる。もう、一時間以上もここにいるだろう。ぽかぽか陽気の昼下がり、ひとり、酒をときどき嘗めながら、山桜を眺めている。

修善寺から約三十分、湯ケ島温泉口でバスを降りると、すぐ前が酒屋の天城屋商店。大きな幕に、地酒「天城」と印され、ガラス窓には「牧水の愛した地酒、天城」との張り紙が目にとまった。

さっそく「上撰天城」の四合瓶を買って、西平神社の参道近くの見晴らしのいい高台に建てられている山ざくらの歌碑にやって来たのだった。まずは、花崗岩に刻まれた牧水の山ざくらの歌に酒を注ぎ、一献捧げた。

酒に濡れた、歌碑の冒頭の「うすべにに葉は…」の歌が、日に照らされて乾いていくのを眺めながら、私も「天城」を静かに飲みはじめたのだった。

何度読んでもいい歌だ。「うすべにに葉はいちはやく萌(も)えいでて」とは、山桜の特徴をじつに見事にとらえている。

若葉が開くと同時に開花する山桜は、花のあでやかさを若葉がおさえ、ソメイヨシノのような派手さはないが、清楚で凛（りん）としている。そして、新芽・若葉と花との対比が美しい。このような山桜の美しさ、気品がそのまま牧水の歌に詠みこまれているように思うのだ。

副碑に刻まれた愛弟子大悟法（だいごぼう）利雄の撰文には、「大正九年夏、東京から沼津に移った歌人若山牧水はふるさと日向を思わせる湯ケ島温泉の風物を深く愛し昭和三年に没するまでしばしば来遊して長期滞在し、円熟したその後期の清澄な自然詠の代表作たる数々の名作を遺した。

この歌碑には、大正十一年、三十六歳の春の「山ざくら」（歌集「山桜の歌」所載）一連二十三首中の五首を録した」と記されている。品のある歌碑は昭和五十六年に天城湯ケ島町が建てたものである。

碑には、次の四首の歌が併記されている。

・吊橋（つりばし）のゆるるあやふき渡りつつおぼつかなくも見し山ざくら
・とほ山の峰越（をごし）の雲のかがやくや峰のこなたの山ざくら花
・瀬瀬（せぜ）走るやまめうぐいのうろくづの美しき頃の山ざくら花
・山ざくら散りのこりゐてうす色にくれなゐふふむ葉の色ぞよき

天城山麓に位置する湯ケ島は、狩野川の源流である男性的な本谷（ほんたに）川と、女性的な猫越（ねっこ）川が落合い、一つの狩野川となって流れ出す地である。それだけに、地元の人達が共同湯に通い、文人たちも歩いた「湯道」をたどるといくつもの橋に出会う。

牧水の歌の吊橋がどこの橋かはわからない。落合楼近くの出会い橋、現在はアーチ式の男橋と女橋かも知れない。もちろん大正時代の吊橋はもっと原始的で、ゆさゆさ揺れる橋であっただろう。その吊橋を渡りながら、渓流に迫り出すように咲いている山桜を「おぼつかなくも」見た牧水の姿が彷彿と浮かぶ。

牧水は『追憶と眼前の風景』のなかで「…其処は丁度崖の下で二つの渓流が落ち合い、白い奔湍となつて流れ下っているのを見る。その渓沿いに、川下にまた川上に、次から次ぎと実に限りないこの山桜の花の咲いているのを私は見たのである」と記している。

牧水の愛した酒「天城」は、品のある香りと丸みのあるさわやかな口あたりで、やや辛口。喉越しがよくて、四合瓶の酒はいつの間にか半分になっていた。少しばかり酔った眼で、歌碑の後に枝を広げ、七分咲きになった山桜を眺める。

歌碑の下の谷間には湯ケ島温泉の旅館や民家がかたまっている。その集落を包み込んでいる山々には、色濃い杉の緑と芽吹いたばかりの雑木の若葉の間に、山桜の白い花が点々と浮かんでいるのが、なんとも美しい。

山の稜線をたどっていくと、峰の向こうには雲がかかっている。峰のこちらの山には山桜がぼおっと咲いている。牧水はこんな風情を「とほ山の峰越(をごし)の雲の…」と詠んだのであろう。

牧水の歌の風景とこうして一体化していることに感動して、また「天城」で喉を湿した。

先の『追憶と眼前の風景』のなかで牧水は「山魚（やまめ）、うぐい、鮠（はや）などの魚が瀬や淵で釣れる。どういうわけだか、私はこれらの川魚、というちにも渓間の魚をば山桜の花の咲き出す季節と結んで思い出し易い癖を以前から持っていた。冬が過ぎて漸くこれらのうろくずと近づき始めた少年時の回憶からのみでなく、矢張り味も色もこの頃が一番いいのではないかとおもう」と書いている。

この思いをそのまま歌に詠んだのが「瀬瀬（せぜ）走るやまめうぐいのいろくづの…」の歌になったのだろう。いい歌である。

ふるさとと日向の少年時代、山桜の咲いている渓流で釣りをしていた情景と湯ケ島とが、あまりにもよく似ていることに、牧水は感動したに違いない。

だが、その思いをぐっと抑えて静かに詠んでいる。牧水は『山桜の歌』の序文で「仮に動的の歌と静的の歌といふものがあるとするならば『くろ土』（大正十年三月刊）は動の方で本書の歌は静的のものであるらしく感ぜられるのだ。…即ある期間しきりに主観味の勝った歌を詠んでいたとすれば（それを仮に動的の歌と呼んだ）その次はなるたけそれから離れた静かなものが詠みたくなる。そしてその入れ替らうとする場合に、一冊に纏めておきたい心が起る」と述べている。

この文章から当時の歌人の心境と姿勢をうかがうことができる。その中心をなす「山ざくら」の歌二十三首は、静的な作品が多い。

歌碑の五首目の「山ざくら散りのこりゐてうす色にくれなゐふふむ葉のいろぞよき」も静かな歌である。

紀行文には「その葉は極めて柔らかく、また非常にみずみずしい茜色をしている」と、記しているように、牧水は山桜の花とともに葉にも愛情深い目を注いでいることがわかる。

いつの間にか、日は山の稜線に近くまで傾いていた。今夜の酒も確保しておかなければならないし、何よりも天城屋のおかあさんこと浅田富子さんに、牧水と「天城」のことを聞いておきたい。天城屋に戻ることにした。

牧水の愛飲した酒「天城」

天城屋十一代目、浅田富子さんは小柄なからだに情熱を秘めた知的美人。店のお客は嫁の直子さんにまかせて、忙しいなかでも「天城」を復活させるまでの思いとゆかりの文人たちについて語ってくれた。

元天城観光協会会長、白壁荘主人の宇田博司（故人）は、随筆『山里の酒・人情』のなかで、次のように書いている。

「戦前、「天城」という酒が湯ケ島にあった。戦争がはじまり、満州派遣軍用の酒増産のため「天城」は伊豆で最も大きい酒造会社・大仁町の東洋醸造に吸収された。「天城」は今、湯ケ島の幻の酒である」

この「天城」こそ、北原白秋が落合楼に二十日余り滞在、「湯ケ島節」の作詩と傑作「渓流唱」を詠みながら、四斗樽一本あけたと語り継がれている酒である。さらに、若山牧水と川端康成が湯本館で愛飲した酒でもある。なかでも牧水は「天城」に惚れ込んだ。

大正時代の「天城」の醸造家、浅田六平は川端康成の碁相手でもあったが、六平が「天城」の樽をかついで湯本館に行くと、同館の創始者である藤右エ門が待ち受け、牧水が部屋から出てきて、たちまち酒盛りになったといわれている。

「山ざくら」の二十三首には、酒の歌は出てこないが、「天城」がなかったならば山ざくらの歌は出来なかったに違いない。それを裏付けるエピソードがある。

先の宇田博司の随筆のなかから援用させてもらうと、川端康成の『若山牧水と湯ケ島温泉』（サンデー毎日、一九二八・一〇）の中にこんな文章が見つかった。

「…桜の頃、先代の（湯ケ島）郵便局長なぞと、山の頂上で花見の宴を開いて、皆が泥酔し、牧水氏も踊ったりして、子供のようにはしゃいだ末、この緑の草の芽の美しい山腹を辷り下るのだと言ゝ出した。皆は牧水氏を取り抑えようとしたが腰が立たず、―中略―あれよあれよと騒ぐうちに牧水氏は松の枝を折り、それを股に挟み尻に敷いて、何十間もある急勾配の山腹を橇のように落ちてしまった」

この時詠んだのが、次の歌だという。

・刈りならす枯萱山（かれかやゃま）の山はらに咲きかがよえる山ざくら花

・萱山にとびとびに咲ける山ざくら若木にしあれやその葉かがやく

牧水の酒は、こんなにも無邪気であった。しかも、山頂での花見の宴で見た山桜をちゃんと歌にしているのだから、すごい人だ。

酒のおかえしに牧水が「天城」によせた歌がある。

・あまぎ嶺の千年（ちとせ）の老樹（おいき）根をひたす真清水（ましみず）くみて加茂すこのみき

宇田博司は、随筆『山里の酒・人情』をこう結んでいる。

《井上靖の自伝的小説〈しろばんば〉登場人物に、主人公「洪作」と同級生で縁続き、酒造家のせがれ「芳衛」がいる。「芳衛」こと本名浅田一枝は、六平の孫である。一枝は牧水が「天城」のために寄せた歌の碑を自宅の庭に建て、一週間後に死んだ。数年前のことである。

一枝が牧水の歌に託した清酒「天城」への想いは、十五年後輩の私の胸にも、切なくせまってくる》

浅田一枝（かずえ）は井上靖と同級生であった。

厳しい時代の趨勢のなかで、一度消えた銘酒「天城」をなんとか復活させたい。若山牧水が、川端康成が、惚れ込み愛飲した、その味を忠実に復活させたい。その思いは、父一枝から濃い血となって天城屋十一代目浅田英男と、天城屋のおかあさんこと富子に引き継がれていた。

二人の情熱が、修善寺の万大醸造、杜氏星野啓治を動かして「天城」を復活させ、父一枝との約束を果たしたのは、平成六年（一九九四）のことであった。

富子さんが浅田家に嫁いできたとき、幻の酒「天城」のラベルが千枚以上も残っていた。これを見た富子さんは「天城を復活させることが私に与えられた使命のように感じた」と美しい瞳の奥をきらりと光らせながら語るのだった。天城屋のおかあさんは、すごい人だと、私は感動した。

さらに、情熱家の富子さんは、三〇〇mlの化粧瓶の「天城隧道」を造りあげた。いうまでもなく、川端康成の『伊豆の踊子』、井上靖の『しろばんば』、松本清張の『天城越え』に描かれている天城山隧道にちなんだものだ。明治後期の石巻き造りのトンネルは、今も健在、私も何回か歩いているが、平成十三年には国の重要文化財に指定されている。

富子さんのひたむきな「天城」への思いはとどまることを知らない。二〇〇四年四月、伊豆市が誕生したことを記念して三〇〇ml瓶の「天城」を新しくつくっている。

牧水の愛した「天城」は、レッテルも瓶もグリーンに統一、天城の山々の緑そのものだと、富子さんは瓶をなでながら語る。

その富子さん、天城屋商店から徒歩十分ほどの浅田家に私を案内してくれた。『しろばんば』の碑に近く、湯ケ島小学校とは道を隔てただけの距離にある。振り返れば、井上靖が母校の子どもたちに贈った「地球上で一番清らかな広場」で始まる詩碑がすぐ上に建っている。

天城屋十代目の一枝が建てた牧水の歌碑は庭の中央に位置し、自然石に刻まれた品の良い碑であった。歌碑の歌を声を出して読んでいると、斎藤茂吉が「牧水は和歌の朗吟が非常に上手で、酒に酔ってやると一層うまい」と言った話が思い出された。

このことを話すと、富子さんは、東京の木蓮社が発行したＣＤによって、牧水の直弟子の黒木傳松と大悟法利雄の朗詠を聴かせてくれた。「うすべにに葉はいちはやく萌えいでて…」と二人の朗詠を聴きながら、浅田家の庭に満開になった山ざくら花を感無量の思いで眺めている私だった。

浅田家の木造家屋は築四〇〇年というから山桜の樹齢は三〇〇年以上、幹回り四メートル余、樹高一五メートルの貫禄のある樹形をなしている。

牧水は「山ざくらは近寄って見たところもまことに好い。そのうす紅いろのみずみずしい嫩葉がさながらその花びらを護る様にもきおい立って萌えて居る。その中にただ真しろくただ浄らかな花がつつましやかに咲いているのだ」と記しているが、浅田家のこの桜を仰ぎ見たのだろうと、私は想像した。

さらに、二十三首のなかの一首「花も葉も光りしめらひわれの上に笑(ゑ)みかたむける山ざくら花」も、同じ桜ではないかと思うのであった。

富子さんは次の椎の木と山桜は、我が家のものに違いないと教えてくれた。

・椎(しひ)の木の木(こ)むらに風の吹きこもりひと本(もと)咲ける山ざくら花

・椎の木のしげみが下のそば道に散りこぼれたる山ざくら花

いよいよ牧水の山ざくらの歌と「天城」、そして造り酒屋浅田家とは深い縁で結ばれているのだと、感じいった私だった。

世古峡の桜と河鹿

湯ケ島温泉の宿は世古峡を見下ろす位置に建つ国民宿舎「木太刀荘」にした。その昔、源頼朝が一本の木太刀を突き立てると湧き上がったという伝説を秘めた古湯をもつ宿だ。

牧水はこの世古峡にも足を伸ばしている。『追憶と眼前の風景』には「…世古の湯木立の湯という温泉が渓を距てて湧いている。二つとも極めて原始的な温泉で…」と紹介しながら、ここで書きたかったのは温泉ではなく山桜だという。

「…この二つの湯を囲む渓ばたの樹木のうち、殆んどその半ばが山桜ではないかと疑わるるほど、その花の多いのに驚いたことであるのだ。若木も多いが、更に老木が多い。樫や椎の茂みを抜き、この木とは思えぬほどのたけ高い梢を表わして咲き靡いているのもあれば、同じ様に伸び古りた幹や枝を白々とした瀬の真上にさし横たえて滴る様に咲いているものもある」

牧水が書いたように、世古峡には山桜が多い。川端康成と交流の深かった梶井基次郎の定宿だった「湯川屋」は、「木太刀荘」からすると、世古峡を隔てた対岸にあるのだが、基次郎の文学碑が建っている山の上は、それこそ、ほとんどが山桜ではないかと思うほど淡いピンク色と白色の花で埋まっていた。

また、逆に「湯川屋」の方から対岸を仰ぐと、そこにも山桜の群生が見られるのだった。

牧水の「山ざくら」の歌のなかで、世古峡で詠んだと思われる歌も多い。

・山ざくら散りしくところ真白（ましろ）くぞ小石かたまれる岩のくぼみに

・岩かげに立ちてわがみる淵（ふち）のうへに桜ひまなく散りてをるなり

岩のくぼみに、山桜の白い花びらが吹き溜まりを作っていたり、渓流が淵となってたゆとうている川面に、花びらが固まって浮かんでいるさまが目に見えるような歌である。

「木太刀荘」の大浴場「頼朝の湯」からも洞窟風呂からも、世古峡が真下に見渡せる。

洞窟風呂は外気と通じているので、世古峡の流れのいずこかで鳴く河鹿の声がよく聞こえる。澄んだいい声だ。湯に浸かりながら、河鹿の声を聞いていると、セキレイが岩から岩へと渡って飛ぶのが見える。

牧水はこう記している。

「…渓には河鹿が頻りに鳴く。(中略) ようよう窓の明るみそめる夜明方の浴槽にたんだ独りひっそりと浸かりながら、聞くともなしにそれの鳴く音に耳を澄ますのはまた渓間の温泉の一徳であろう」

また、「湯ケ島雑詠」のなかではこう詠んでいる。

・蹈(ふ)みわたる石のかしらの冷(ひや)やかさ身にしむ瀬瀬(せぜ)に河鹿(かじか)なくなり

・なめらかに石こゆる瀬にまひあそぶ羽蟲とりつつ啼くや河鹿は

湯から上がって、牧水の紀行文や短歌を読みながら、ひとり飲む「天城」は、喉ごしが爽やかで、胃の腑にしみた。牧水が湯本館で詠んだもののなかに私の好きな歌がある。

・鐵瓶(てつびん)のふちに枕しねむたげに徳利かたむくいざわれも寝む (深夜獨酌)

八丁池への挑戦

牧水は湯ケ島に滞在中、八丁池まで登った。『追憶と眼前の風景』に、こう書いている。

「登り三里の山路というので、病後で弱っている身体には少し気にもなったが、久しぶりに履きしめた草鞋は非常によかった。四月十二日、天気もまた珍しい日和であった。

何しろ眼につく山ざくらである。温泉宿の附近はもうその頃はおおかた散っていたが、少し山を登ってゆくと、まだ真盛りであった」

この文章を読んで、私の血は激しくさわいだ。特にトレーニングをしてはいないが、若い時には北アルプスも縦走しているし、何とかなるだろう。いや、ぜひ牧水の後をたどってみたいと、思いは募った。

四月六日、天気は快晴。宿に頼んだ弁当・ペットボトルのお茶二本、非常用菓子、防寒具などをリュックにつめ、はやる思いを抑えきれず、八丁池へ出発した。

バスで水生地下まで行き、旧下田街道を上り始めた。右下には本谷川の流れが響き、崖にはヤブツバキの赤い花が鮮やかだ。

間もなく川端康成の「道がつづら折りになって…」と始まる『伊豆の踊子』の文学碑が見えてきた。これまで何枚もカメラに収めているが、今日は一枚だけ写して先を急ぐ。

水生地で街道と分かれて左の林道へ入る。ここから八丁池までは四・六キロとの標識を確認した。上りはつづくが、道はいい。

このあたり、標高七五〇メートルくらいだろうか。道端の山桜は三分咲き、ヒメシャラは若芽がほんのわずか開いたばかり。長三角の芽先が少し尖っている。その下にはスミレが淡い紫色の花を咲かせて群生している。

傾斜面にクロモジが黄色の蝋細工のような可憐な花をいっぱいつけて枝を広げていた。こんなに花をたくさんつけたクロモジに出会ったのは初めてだ。小枝が緑色なのがこの木の特徴なのだが、古くなると樹皮に地衣類が付着して黒斑になり、それが文字を書いたように見えるためにこの名がついたという。和菓子にこの木の皮つきの楊枝は欠かせない。芳香、殺菌力などが優れているからだ。わが家の庭にも二株植えてある。

ウグイスが盛んに縄張り争いをして啼いている。空は快晴だ。額からは汗が何度ぬぐってもしたたり落ちる。


八丁池へあと三・二キロの標識があった。ここから林道と分かれて、杉の植林地帯に入る。その入り口には木枝の杖が捨ててある。ここまで下りてきた人々が残して行ったものだろう。手頃な杖を探して上りにかかる。

ここからが大変だった。勢いよく伸びた杉の木立が行けども行けども尽きない。その杉の間の自然道は、小川のように掘れていて、大きな石がごろごろ。その上に杉の落葉が分厚く溜っている。一昨日の雨のためか、落葉が濡れていて滑るのだ。

上りもきつくなる。背中を流れていく汗がわかる。息苦しくなって立ち止まった。

再び歩き出して間もなく、杉の葉に足を滑らせて転んだ。手袋をはめていたし、分厚いズボンを履いていたから、擦りむいたところはない。ただ、右足首を少し捻挫したようだ。歩いてみたが、ひどい痛みはない。

だが、迷ってしまう。八丁池までまだ二キロ以上はある。考えると、心細くなった。

水生地から誰一人として出会っていない。途中でイノシシにでも襲われたらという心配はしていたが、もし、ひどい捻挫でもして歩けなくなった場合、助けを呼ぶこともできない。やはり、単独行は無謀だろうか。

そう思うと、背中を電流のような恐怖が走る。さっきまで、汗びっしょりだった背筋にも震えがきた。やはり引き返そう。

ベストとシャツを脱ぎ、汗に濡れて冷たくなった下着を乾いたものと交換した。

汗に冷えた体があたたまると、八丁池を一目見たい、牧水にあやかりたいとの未練が蘇った。山路を行きつ戻りつ迷ったが、別の機会に再挑戦することにしようと、自分に言い聞かせて下りにかかった。

捻挫した足をいたわりながら、滑らないように細心の注意をはらって石道を踏んだ。

林道まで下りると、ほっとした。

水生地から天城山隧道を抜け、二階滝（にかいだる）あたりの国道四一四号線に出てバスで湯ケ島へ帰ることにした。

天城山隧道の手前でコーヒーや甘酒を商っている男性がいた。コーヒーをもらい昼どきになっていたので弁当を広げた。

彼の話によれば、今年の山桜は咲き具合は良好とのことだ。大正時代にくらべれば、少なくなっただろうが、湯ケ島の山桜は健在とのことで、うれしくなった。

二本杉峠、八丁池、万三郎岳、万二郎岳を含む天城連山の登山は、年間雨量三千ミリ以上で雨が多く、何が起こるかわからないから単独行はやめたほうがいいといわれ、軽率さを恥じた。

「木太刀荘」へ着いたのは午後三時前。捻挫した右足だけでなく、腰から下が痛む。まずは、ゆったりと温泉に浸かって、からだを癒した。

湯から上がると疲れがどっと出た。まだ、日は高いが、散歩に出るのも億劫だ。窓の下の世古峡を眺めながら、『追憶と眼前の風景』を読み返す。

山桜への深い愛情をもって見つめている牧水の思いが、胸に迫ってくる。

「…葉も日の影を吸い、花びらもまた春の日ざしの露けさを心ゆくまでに含み宿して、そしてその光その匂いを自分のものとして咲き放っているのである。（中略）近くから仰ぐのもいいが、斯くまた山の高みからあちこちに咲き盛っているのを見渡すのも静かで美しい。一つ一つと飛び飛びに咲いているのがいかにもこの花に似つかわしい」

八丁池への登山途中で見た山桜をこのように書いている。さらに、富士を望み、沼津の千本松原、静浦を見つけた時の牧水は、歓喜の声を挙げたのだった。

めざした八丁池に着いた牧水は「…この池は先ずいかにも可憐なものに眺められた。周囲八丁というのが卵なりに湛えられているのである。（中略）水は清く澄んで、飲むことも出来ると聞き、私は先ず手頃の朽木を汀の浅みに置いてそれに飛び移り、草鞋を濡らすことなしに充分に咽喉をうるおした」

旅慣れた若々しい牧水、野性的なその姿が目に浮かぶ。

水際の枯草の上にむしろが敷かれ昼餉になったのだが、「四合壜を独りであけて、後にはウイスキイの人の領分にまで侵入して行ったが、それでも私は寒くて酔うことが出来なかった」という、牧水には舌を巻いてしまう。さらに、「野宿せぬのは惜しかった」といい、携帯天幕を持ってきたら野宿できるだろうかと、同行の人達に言っている。

私は六十九歳、八丁池の登山を諦めて引き返したのに、当時、三十六歳とはいえ、なんと元気な牧水かと、恐れをなして「天城」の緑色の瓶に、また、手を伸ばした午後だった。

少年の牧水と山桜

翌日も好天、世古橋に立つと、早咲きの山桜は花びらを風に散らせ、渓流に乱舞させていた。昨日の八丁池への登山で痛めた足と腰は、ナトリウム・カルシウム硫酸塩泉の湯にたっぷり浸かったお蔭で歩くのに支障はなかった。宿を出ると、再び天城屋商店を訪ねた。「天城屋のおかあさん」に続きの話を聞きたかったし、店内のミニ・ミュージアムで、牧水たちの資料を読み漁りたかった。

富子さんの自慢は、天城屋に残る大正時代の巨大な陶樽。ここと「昭和の森会館」の「伊豆近代文学博物館」にしかないという。白秋も牧水も随分と世話になった酒樽なのだ。

牧水は「山ざくら」の歌を詠んだ前年の春にも、その後も湯ケ島を訪ねているが、とにかく山桜と「天城」を愛でるのが目的だったらしい。湯本館も天城屋の人たちも、湯ケ島の人たちは、それを知って温かく包みこんでいた。

富子さんは語る。「牧水先生は、幼い頃から花といえばさくら、さくらといえば山ざくらということで、とおっていた」らしい。

そういえば『追憶と眼前の風景』にもこう書かれている。

「山ざくらの花の淡紅色は、躍り易い少年の心にまったく夢のような美しさで映ったものであった。…中学の寄宿舎に在って恋しいものはただ父であり母であり、その故郷の山の山ざくらの花であった。その頃、幼いながらに詠んだ歌にそのこころが残っている」

・母恋しかゝるゆふべのふるさとの桜咲くらむ山のすがたよ

・父母よ神にも似たるこしかたにおもいでありや山ざくら花

私は、もう一度、浅田家の庭の山桜をじっくりと見せてもらうことにした。

樹齢三〇〇年を超す山桜の古木は幹を直立させ、四方に枝を広げて風格のある姿で迎えてくれた。威風堂々たる樹を仰ぐ。

花は淡紅色、五枚の花びらは楕円形をしており、先端が少しへこんでいる。二、三個の花が散房状の花序をつくり、清楚な姿だ。

葉は紅紫色の楕円状で、先端が長く伸びている。葉の縁に細かなぎざぎざのあるのに興味をひかれた。

美しさと気品のあふれる風情を見せてくれる山桜を眺めるのは、朝がいい。その透明感のある繊細な美しさは、朝の光のなかでこそ真価を発揮するように思う。牧水も朝の山桜を詠んでいる。

・朝づく日うるほひ照れる木(こ)がくれに水漬(みづ)けるごとき山ざくら花
・今朝の晴青(はれ)あらしめきて渓間(たにま)より吹きあぐる風に桜ちるなり

牧水と一体化した至福のとき

牧水の山ざくらの歌と酒に誘われて天城湯ケ島を訪ねた旅、そこでは、「天城屋」のお母さんこと浅田富子さんをはじめ、多くの人々が牧水について語ってくれた。

満開の山桜の下で、牧水の短歌と紀行文を読み合わせると、大正の頃の湯ケ島が蘇り、生き生きとした牧水の姿が瞼に浮かんできた。それは、写真の牧水とも重なった。

牧水の旅を追体験しながら、彼が残した短歌の一首、一つひとつの言葉を掘り下げていく。

そこには、時間を超え、自分の感性を超えて、牧水と一体化した至福のときが、伊豆・湯ケ島温泉の随所に流れていた。

八丁池を自分の目で確かめたいとの思いは、湯ケ島温泉の旅から帰っても、胸のなかでなお渦巻き続けていた。

五月の連休過ぎに再度挑戦した。今度は土曜・休日のみ運行しているバスを利用した。昭和の森会館からバスで八丁池口まで行き、約五キロの山道を歩いた。これは比較的楽な登りだった。

約一時間、ブナの林の中に光っている八丁池を目にして、「やったあ」と叫んでいた。

牧水の歌の真髄に触れたいとの願い、その歓喜の一瞬を求めて、これからも伊豆の旅をつづけるだろうと思うのだった。

選評

レベルの高さを喜ぶ

杉本苑子

今年の入賞者は六人であったが、内の上位二篇を女性が占めた。最近はさまざまな分野で女性の進出がめざましいが、とりわけ文学の世界ではその傾向がいちじるしい。

一位に該当する最優秀賞を受賞したのは、萩真沙子さんの「月ヶ瀬」…。全体に地味な印象の作品だが、登場人物の人生と彼らが生きた時間が、よく書けている。冒頭数行の文章にも、さりげない書き出しでいながら読む側を作中に曳き込む力が感じられ、この作品が一位に選ばれたことに、異議が出なかったのも当然と思えた。

二位の優秀賞のうち、鎌田雪里さんの「ヴォーリズの石畳」は、作者名や性別が伏せられていた当初、私は男性の作かと思った。読者をして、そう思わせる力を秘めた作品と評せよう。同じく二位の、優秀賞を獲得した志賀幸一氏の「曲師」も、読みごたえのある仕上りを示していた。作品全体に平均して力がこもっているが、その力が煩わしくも、押しつけがましくも感じられない。抑制力の効いた巧みな作品といえるだろう。

佳作二篇は、男女二人の書き手が仲よく分け合った形となったが、これもそれぞれに、力量を感じさせる佳品である。ただし川﨑氏の「埴輪の指跡」という題名は、無造作すぎて一考を要するし、特別賞を受賞した伊藤正則氏の紀行文「若山牧水の山ざくらの歌と酒」という題名にも、なるほど、そうではあろうけれども、いささか大雑把な印象を受けた。

ともあれ全体的に見て、伊豆文学賞の応募作品はレベルが高い。それだけ、突破するのが難しい狭き門と言えるかもしれないが、臆することなくどしどし応募していただきたいと思う。

確かな目の存在

三木　卓

伊豆文学賞は、今年も着実な歩みを見せている。最優秀作に選ばれた、萩真沙子さん「月ヶ瀬」には、そういうわたしをうなずかせるものがあった。

狩野川のほとりの月ヶ瀬。今そこで老いた女が、孤独に死んでいこうとしている。面倒を見に来ている嫁は、臨終が近いことを察して、ひとりで看取るのはこわい、と自分の娘にいう。その娘はこの物語の語り手であるが、妊娠子連れの身で出かけていく。つまり四代の生命が、その枠にとらえられている。

中心は、姑と嫁の対立である。山口の旧家出身の嫁は、戦後軍人だった夫の故郷月ヶ瀬に住むことになるが、家にも共同体にも溶け込めない。家族労働が基本の農業に決して参加せず、自分の生活の仕方を変えない。そのため帰京するまで摩擦が続いた。だが、再びやってきて、今は病んだ姑の介護をかいがいしくやる。

ふたりは異文化の対立である。その対立をあくまでもくっきりと描いていく。この嫁は存在感がある。そして彼女たちは対立したまま、ついには容認と感謝の域に達する。そこには、人間とその暮らしの関係を見る確かな目がある。

優秀賞の志賀幸一さん「曲師」は、浪花節語りの伴奏三味線を弾く女性の生涯を描いている。

曲師という、かねて気になる、だがわたしなどは何も知らない、この陰の存在がもつ深さや力学を、説得力ある筆で展開していて、おもしろかった。同じく優秀賞、鎌田雪里さん「ヴォーリズの石畳」は、明治の、幻想的ともみえる下田周辺の特異な事態を描き出していて、思わず引き込まれた。

佳作の杜村眞理子さん「母子草」は、江戸時代、麻疹の流行に伝染・流産を恐れる妊娠中の女が、伊豆の中を逃げ回るという、地形をからませた話だった。また同じく佳作の川﨑正敏さん「埴輪の指跡」は、特高の子どもの戦後という屈折した設定と、大人になってから、埴輪に偶然ついている幼児の指の跡を見て、幼くして死んだ妹を思い出す、という結びが印象深かった。

伊藤正則さん「若山牧水の山ざくらの歌と酒」は、伊豆を楽しむ心が出ている。楽しい紀行文なので特別賞ということになった。

主人公の眼線に説得力

村松友視

小説らしい小説が最優秀賞に選ばれた。「月ヶ瀬」は、主人公に気持がかさねられる作品というのが、第一の印象だ。主人公である身重の女性が、九歳まで暮した月ヶ瀬で、ただひとり姑の世話をする母を息子とともにたずねる。母からの切羽つまった電話があったからだった。かつて母と相容れぬ関係だった祖母の死が近い予感を、読者は与えられる。止ったような時間の中での世話する嫁と世話される姑。祖母と母を、プライドと文化観のちがいととらえる主人公の眼が、祖母と母の最終章を見とどけてゆく。そして、祖母が叫んだ最後の言葉が、冷え凍る母の心を初めて溶かした。この流れの中に、祖母と母の生き方がていねいに描かれ、それを感じる娘の眼差しもまた説得力がある。その構図をとらえる知性が、作品の格をつくっていた。虚空にひびく、「ありがとう!」という祖母の叫びが、読後に強く残った。

「曲師」からは、題材の魅力が強く伝わってきた。浪曲師のうしろ側に隠れた曲師の生活の具体性が、興味深く描かれている。ただ、地の文の中にしばしば見える説明的な文章は、作者のスタイルではあるものの、少し気になった。しかし、むずかしい取材をこなしたあげくの興味ある秀作だった。

「ヴォーリズの石畳」は主人公の設定がユニークで、その実在したアメリカ人の、伊豆のある村における不思議な体質の世界へと、読み手をさそい込む文章の力は十分だ。やがて、その村の教会を建て直すにいたる主人公の意識の流れがよく理解できた。事実と虚構の縫い目に、作者のセンスと力が見えた。

「母子草」は悲惨な話だが、文章の明るさが内容とのバランスをとっている。伊豆の地形が病を救った…というアングルも興味深かった。良太という男が少し完全無欠の理想像すぎるきらいはあったが。

「埴輪の指跡」もまた、文章の明るさに支えられた作品だ。幼い頃の記憶を、ていねいに辿り直す中で、妹の悲しい死が墨絵のようによみがえる。作者の心根が強く伝わってくる作品だ。

特別賞の紀行文「若山牧水の山ざくらの歌と酒」は、酒好きの牧水にあこがれる酒好きの作者の、心地よい牧水世界めぐりと読んだ。とくに鋭い視点は見出せなかったが、山桜と酒による酩酊感が全篇にあふれ、私も「天城」なる酒を呑んでみたい心持になった。

「伊豆文学賞」について

伊豆地域は、多くの文人が訪ね、ここを舞台にして数多くの作品を生み出している文学のふるさとです。そこで、「伊豆の踊子」や「しろばんば」に続く、新たな伊豆文学や人材を見出すため、伊豆の風土や地名、行事、人物、歴史などを題材にした文学を募集しています。(平成9年度創設)

■審査委員

杉本苑子（第48回直木賞受賞・平成14年度文化勲章受章）
三木　卓（第69回芥川賞受賞）
村松友視（第87回直木賞受賞）

■応募規定

応募作品　伊豆を題材（風土、地名、行事、人物、歴史など）にした小説、紀行文、随筆。ただし自作未発表のものに限る。
応募資格　不問
応募枚数　小説　400字詰原稿用紙30枚～50枚程度
紀行文・随筆　400字詰原稿用紙20枚～40枚程度
賞　最優秀賞　全部門の中から1編
表彰状、賞金100万円、記念品
優 秀 賞　全部門の中から2編
表彰状、賞金20万円、記念品
佳　　作　全部門の中から2編
表彰状、賞金5万円、記念品

■主催

伊豆文学フェスティバル実行委員会、静岡県教育委員会、静岡県

■問い合せ先

〒420-8601　静岡市追手町9-6　静岡県教育委員会文化課内
伊豆文学フェスティバル実行委員会事務局
TEL 054-221-3109　FAX 054-250-2784
Email　shizuoka@po.sphere.ne.jp
URL　http://www1.sphere.ne.jp/shizuoka

第８回伊豆文学賞の実施状況

■募集期間　　平成16年4月8日～10月11日

■ 総数　249

■ 部門別件数

小　説	209
随　筆	28
紀行文	12
計	249

■審査結果

賞	(部門)作品名	氏　名	年齢	職業	居住地
最優秀賞	(小説)月ヶ瀬	萩　真沙子（はぎ　まさこ）	59	自由業	東京都
優 秀 賞	(小説)曲師	志賀幸一（しが　こういち）	66	無　職	静岡県
優 秀 賞	(小説)ヴォーリズの石畳	鎌田雪里（かまた　ゆきさと）	37	契約社員	埼玉県
佳　作	(小説)母子草	杜村眞理子（もりむら　まりこ）	47	公務員	東京都
佳　作	(小説)埴輪の指跡	川﨑正敏（かわさき　まさとし）	60	無　職	静岡県
特別賞	(紀行文)若山牧水の山ざくらの歌と酒	伊藤正則（いとう　まさのり）	69	無　職	静岡県

※年齢、職業は応募時のものです。

月ヶ瀬
第八回「伊豆文学賞」優秀作品集
*
平成17年3月9日初版発行
●編　者／伊豆文学フェスティバル実行委員会
〒420-8601　静岡市追手町9-6静岡県教育委員会文化課
電話054-221-3109　FAX054-250-2784
●発行者／松井純
●発行所／静岡新聞社
〒422-8033　静岡市登呂3-1-1
電話054-284-1666　FAX054-284-8924
●印刷・製本／図書印刷
ISBN4-7838-1109-1 C0093